사실은 괜찮지 않았어

사실은 괜찮지 않았어

1판 1쇄 펴낸날 2019년 2월 10일

지은이 앵그리 애나

펴낸이 서채윤 펴낸곳 채륜서
책만듦이 김승민 책꾸밈이 이한희

등록 2011년 9월 5일(제2011-43호)
주소 서울시 광진구 자양로 214, 2층(구의동)
대표전화 02-465-4650 팩스 02-6080-0707
E-mail book@chaeryun.com Homepage www.chaeryun.com

책값은 뒤표지에 있습니다.
ISBN 979-11-85401-41-6 03810

이 도서의 국립중앙도서관 출판예정도서목록(CIP)은 서지정보유통지원시스템 홈페이지(http://seoji.nl.go.kr)와 국가자료공동목록시스템(http://www.nl.go.kr/kolisnet)에서 이용하실 수 있습니다. (CIP제어번호 : CIP2019001355)

채륜서(인문), 앤길(사회), 띠움(예술)은 채륜(학술)에 뿌리를 두고 자란 가지입니다.
물과 햇빛이 되어주시면 편하게 쉴 수 있는 그늘을 만들어 드리겠습니다.

사실은 괜찮지 않았어

앵그리 애나

채륜서

작가의 말

1987년 6월생

AB형, 쌍둥이자리, 1남 1녀 중 첫째

길을 가다 유리창에 비친 내 얼굴은 항상 웃고 있었다.

예능 프로그램 한 방이면 어떤 슬픔도 훌훌 털어냈던 단순한 인간.

나라에 웃음이 말랐던 87년 6월에 태어났으니

앞으로 역사적 사명을 띠고 우리 국민들의 웃음을 책임지겠다고, 나는 태어났을 때부터 '응애'가 아니라 '예능'이라고 울었을 거라고, 그러니 나를 예능PD로 좀 뽑아 달라며 궤변을 펼치던 괴짜.

명랑만화 소녀처럼 사람을 좋아하고, 꿈이 많았다.

언젠가 나처럼 힘든 사람들에게 소소한 낙이 되는 예능을 만들고 싶었다.

시험에 골백번 떨어지다 정작 내가 웃음을 잃은 줄도 모르고 짧은 다리로 이리저리 뛰었다.

결국 꿈을 버리고 이십 대가 끝났지만 괜찮았다.

너 꼭 말괄량이 삐삐 같다. 나를 뽑아준 본부장님은 말씀하셨다. 삐삐는 무적이라 도둑놈도 잡아 던지고 말도 번쩍 들어 올린단다. 정글의 타잔 같은 여자 아이 삐삐. 나도 꿈은 잊고 그렇게 강하게 살기로 했다.

하지만 서른두 살, 괜찮은 척하던 나에게 공황장애가 찾아왔다.

2번의 공황발작,

3개월의 약물치료,

9번의 심리 상담.

이 글은 지난 8개월간 내가 우울증과 공황장애를 치료한 기록이다. 아니, 거대한 영업글이다. 처음 정신과에 찾아가서 검사를 받고 약을 먹었을 때, 너무 좋아서 글을 쓰기 시작했다. 왜 더 빨리 가지 않았는지 후회된다며 구석구석 주접을 떨었다. 병원 문을 넘어선 것만으로도 나는 이미 다 나은 것 같았다. 이쯤이면 다 나은 건가? 이제 약은 그만 먹어도 되나? 상담 끝인가? 페이지를 넘기다 보면 쾌활했던 한 여성이 자신의 우울을 인정하고 치료해나가면서 얼마나 들떠 있었는지, 어떤 생각을 가지고 어떤 반전을 맞이하는지 여과 없이 볼 수 있을 것이다.

올여름 지난하게 파고 들었던 나의 과거와 현재가
어쩌면 내가 끝내 만들지 못한 예능 프로그램보다도 더,
많은 사람들이 웃음을 찾는 데 도움이 되기를 소망하며.

앵그리 애나 드림

프롤로그

선생님,
저는 우울하지 않은데요?

"우울감이 상, 중, 하가 있는데 지금 21점이라 중보다 조금 높아요. 이 정도면 병원 치료가 필요한 상태입니다."

"네? 저는 한 번도 제가 우울하다고 생각한 적 없는데요?"

"그러게요. 본인이 직접 작성한 테스트지 결과를 보면 너무 문제가 없네요. 이건 신나서 날아다녀야 하는 사람의 점수인데."

병원에서 받은 약봉지를 쥐고 곰곰이 생각했다. 내가 우울하다고? 나는 오늘도 주말이라 행복한데? 15년 지기

절친은 매번 행복하다는 내게 '스스로 행복하다고 세뇌하고 있는 것일 수도 있다'고 말했다. 글쎄.

나는 보기보다 단순해서 행복에 대한 허들이 낮은 편이다. 화장 지우고 침대 위에 눕는 것을 최고로 좋아해서 하루 최소 다섯 시간은 극도로 행복할 수밖에 없다. 요새 같이 추운 겨울에는 퇴근하면 바로 전기장판 위에 누워서 '이건 너무 행복한 거 아니냐'며 오두방정을 떨곤 한다. 대책 없이 행복한 내 인생을 방해할 수 있는 건 아마 건강밖에 없다. 나는 우리 가족 모두 건강한 지금 이 순간이 가장 행복하다. 다른 건 그리 중요하지 않다. 인간이란 몸만 건강하면 언제든 다시 시작할 수 있다고.

그런데 이런 내가 약을 먹어야 한다고? 우울해서?

집에 돌아와서 여느 때처럼 휴대폰을 붙들고 있는데 유독 '우울증'이라는 글귀가 눈에 많이 띄었다. 평소라면 별생각 없이 지나쳤을 단어다. 하지만 평생 남 일 같던 이 단어가 몇 시간 전부터 당장 내 일이 되어 버렸다. 하나씩 눌러 보던 나는 우울증을 경험했다는 20대 여성의 영상을 보다가 멈칫했다.

'끝없는 바다로 가라앉는 것 같고'

세상에, 나는 그 느낌을 정확히 알고 있다. 이런 걸 우울하다고 하는 거였어?

작년 한 해 동안 나는 배신감에 시달렸다. 멀쩡히 모니터를 보다가도 그 기억이 불쑥불쑥 나를 괴롭혔다. 내 몸은 평화로운 사무실 한편에 남아 있는데 심장만 떼어서 심해로 가라앉는 느낌이었다. 이대로 계속 내려가다간 기압이 높아서 터져 버릴 텐데. 언제쯤 위로 올라오는 걸까. 터질 듯 말 듯한 불안 속에서 나는 모니터 앞에 앉아 속으로 되뇌었다. 괜찮아. 괜찮아.

한 번도 그게 우울한 것이라 생각한 적은 없다. 이유를 잘 알고 있었기 때문이다. 나를 괴롭히는 또렷한 기억이 있고, 그것에서 벗어날 때까지 고통스러운 것뿐이야. 이겨낼 수 있어.

"If you going through hell, keep going."

(네가 지금 지옥을 걷고 있다면, 계속 가라)

그 무렵 나는 가장 행복했던 시절을 글로 쓰기 시작했다. 봉사 활동도 나갔다. 지옥 같은 마음의 기억에서 벗어나려 계속 걷고 또 걸었다.

하지만,
사실은 괜찮지 않았어.

| 차례 |

일러두기

이 책에 등장하는 상담 내용은 작가의 기억을 통해 재현한 것으로 실제의 상담 및 상담가의 견해와는 다를 수 있음을 밝힙니다.

D-day

첫 번째 공황발작

어느 날 갑자기
내게 찾아온 공황발작

처음으로 간 제주도였다. 이번 연도 목표 달성에 대한 보상으로 회사에서 비행기까지 타는 송년회를 연 것이다. 입사한 지 며칠 되지 않아 아직 기여한 바도 없건만 원하면 하루 더 있어도 된다길래 냉큼 1일 연장을 신청했다. 혼자 야외 자쿠지가 딸린 풀 빌라를 빌려서 근사하게 보낼 셈이었다.

첫사랑 같았던 전 직장을 떠나 새 시작을 고하던 올해 봄. 꽃길을 기대했지만 예기치 못하게 상처가 가시질 않았다. 남들 눈에는 외국계 회사로 이직하더니 유럽 출장도 가고 영어도 배우고 출세한 것으로 보였을지 모른다. 여기저기서 '너 고생 했는데 참 잘되었네'라는 말을 들었다. 그때마다 나는 웃었지만 속은 썩어들어 가고 있었다. 분위기 쇄신을 해보려고 회사를 또 옮겨보았다. 그래서 지금, 제주도다.

아무리 생각해봐도 올해보다 힘들었던 때는 없었다. 집에 빨간 딱지가 붙어 언제 검은 옷 아저씨들이 경매하러 오나 초조하던 때도, 돈이 없어 아끼던 피아노를 팔고 한강에서 자전거 페달을 밟을 때도, 한때는 최종면접을 함께 봤던 조원이 버젓이 정직원 출입증을 걸고 있는 앞에서 계약직 면접을 봐야 했을 때도, 이미 골반까지 다 퍼져 있는 것 같으니 빨리 수술을 해야 한다는 말을 듣고 병원 복도에 덩그러니 앉아 있었을 때도 이렇게까지 힘들지는 않았다. 나는 항상 빠르게 오뚝이처럼 일어났다.

하지만 이번 상처는 아무래도 흉이 질 모양인지 가라앉지를 않는다.

결국 자는 걸 제일 좋아하던 잠만보가 불면증에 걸렸다. 예전에는 힘들면 잠을 더 많이 잤는데. 현실을 피하고 싶어서 깨어 있는 시간을 줄였는데. 이제는 그러지도 못했다. 역설적으로 내 SNS는 더 화려하고 자랑스럽고 남들이 부러워할 만한 소식들로 채워졌다. 다시는 나를 무시하지 못하게 보란 듯이 잘 사는 모습을 보여 줄 거야. 나는 우물 안 개구리가 아니라 더 큰 세상에서도 잘 할 수 있는 사람이라고 증명하고 싶었다. 회사 사람들에게만 공개되어 있던 내 페이스북은 어느덧 누가 누군지 구분하기 힘들 정도로 숱한 업계 사람들로 가득해졌다. 주저앉아서 절망만 하고 있으면 내가 아니지. 나는 오로지 12월 31일이 되면 페이스북에 무엇이라 남길지 생각하며 한 해를 보냈다. 내가 일 년간 얼마나 많은 것을 이루고 해냈는지 줄줄 써 내려가는 상상을 하면서 버틴 것이다.

그러나 이 악물고 애썼던 계절들이 지나고 겨울이 되자 상태는 더 심해졌다. 겨울에 이별의 기억이 많은 탓일까. 쿵 하고 하강해버린 마음이 좀처럼 들어 올려지지 않았다. 새 회사의 제주도 송년회는 그런 내게 한 떨기 구원이었다.

'제주도라니 그림 좋은데? 최악의 일 년, 마무리라도 폼 나게 하자.'

해서 추가 일정까지 돈을 다 대준다는 회사를 마다하고 홀로 20만 원이 넘는 풀 빌라를 예약했던 것이다. 시작은 좋았다. 근처 해안가를 돌아다니다 카페에 들어가서 그림을 그렸다. 돌아오는 길에는 전복 볶음밥을 샀다. 침대 위에서 혼자 막춤도 췄다. 냉동실에 얼려두었던 홈런볼을 먹으며 드라마를 보니 정말 행복하다. 기대했던 자쿠지 인증샷은 물 트는 방법을 도통 알 수 없어서 포기했지만 개의치 않았다. 뭐, 허영 넘치는 사진은 아까 많이 찍어뒀으니까.

생각난 김에 카메라로 사진을 확인하던 나는 얼마 안 가 가슴이 미친 듯이 두근거리고 있다는 것을 깨달았다. 어릴 때부터 남들보다 심박 수가 빨랐던 나에겐 종종 있었던 일이다. 평소에도 회사에서 스트레스를 받으면 심장이 두근거리곤 했다. 워낙 실시간으로 숫자에 메여있는 직업이다 보니 피할 수 없는 일이었다. 그럴 때면 나는 두근거림을 누르기 위해서 엎드려서 자곤 했다.

하지만 나는 곧 이 두근거림이 그런 차원의 것이 아니라는 것을 깨달았다. 오한까지 들기 시작했다. 슬리퍼 없이 걷기 힘들 정도로 바닥이 뜨끈뜨끈했는데도 몸이 덜덜 떨렸다. 다급한 마음에 나는 떨리는 손으로 심장 두근거림, 오한을 네이버에 검색을 해보았다. 특별할 것 없는 증상이니 오만 병이 다 튀어나오지 않을까? 그러나 내 눈앞에 뜬 결과는 예상과 달리 오로지 하나뿐이었다. 공황장애.

'뭐야. 실컷 잘 놀고 있는데 그럴 리가 없잖아.'

실망한 나는 휴대폰을 던져 버리고 다시 침대 위에서 끙끙댔다.

그때, 나는 낯설기만한 그 단어가 나와 관련 있을 거라고는 전혀 생각하지 못했다. 낮에 뭘 잘못 먹었나 보네. 먹는 거 욕심내지 말걸. 종일 꿀꿀거린 것을 뼈저리게 후회하며 아침이 되어 서울로 돌아갈 생각만 했다.

D+2

두 번째 공황발작

신경 안정제?
너한테 이걸 왜 줬대?

밤새 드라마를 볼 참이었는데 젠장. 풀 빌라의 ㅍㄷ 즐기지 못한 채 나는 내내 앓았다. 실로 오랜만에 느껴보는 고통이다. 땀은 삘삘 흘리는데 몸은 춥다고 덜덜 떨리는 기이한 밤이었다. 아침이 되면 좀 나을 줄 알았는데 전혀 그렇지 않았다. 병색이 완연한 얼굴로 택시를 잡아탄 나에게 아저씨는 자꾸 말을 시켰다. 몇 시 비행기야? 어이구, 그럼 지금 가면 한참 기다려야 될 텐데? 어디 아파? 약국에 들렀다 갈까?

아니요. 그냥 가주세요. 골골대는 와중에도 삐져나온 효심 때문에 나는 면세점에서 미리 엄마 화장품이나 살 요량이었다. 하지만 귀찮기만 했던 아저씨의 말은 진짜였다. 너무 일찍 도착한 나는 들어갈 수가 없었다. 다 쓰러져 가는 얼굴로 공항 약국에 찾아가 증상을 말하자 선생님이 약을 이것저것 챙겨주셨다.

"보통 사람보다 몸이 약하신 것 같으니 두 알 드시지 말고 한 알만 드세요."

결국 나는 그 한 알조차 제대로 먹지 못했다. 대충 가방 속에 넣고 보건실에 누워서 시간이 되기를 기다렸다. 그 뒤로 어떻게 서울까지 왔는지 모르겠다. 세상에서 가장 안전한 내 방 침대 위에 몸을 뉘자 나는 비로소 마음이 놓였다. 엄마는 내가 내팽개친 가방 속에서 약을 살펴보더니 갸우뚱했다.

"신경 안정제? 너한테 이걸 왜 줬대?"

그러게. 그런 건 또 언제 줬대. 나도 몰라. 중얼대며 스르르 잠이 든 나는 다음 날 저녁에야 깼다. 내리 푹 자니 살 것 같았다. 엉엉 나 살았다. 살아서 집에 왔어.

좀 살만해지자 다시 부산스러워진 나는 제주도에서 찍어 온 영상을 편집하겠다며 몸을 일으켰다. 그러나 제주도와 무슨 원수라도 졌는지 그 찬란한 풍경을 보자마자 다시 미친 듯이 심장이 두근거렸다. 뭐야 이거? 또 왜 이래? 인생이 마냥 내 뜻대로 흘러가지 않는다는 것은 지난 삼십여 년간 충분히 배웠다. 하지만 160㎝도 안되는 몸뚱이조차 벌써 내 마음대로 안 되는 것은 너무 하잖아.

그러다 문득 공항 약국에서 신경 안정제를 줬다는 엄마의 말이 생각났다. 나는 손을 덜덜 떨며 피아노 위에 올려져 있던 신경 안정제를 입안에 털어 넣었다. 펄떡대던 내 심장은 곧 커다란 어부의 손에 쥐어진 것처럼 얌전해졌다. 네가 무슨 땅으로 올라온 물고기도 아니고 심장님아 왜 이러시죠.

"엄마, 나 또 심장이 두근거려서 이거 마셨더니 괜찮아졌어."

어머머 진짜? 왜 그러지? 진짜 신경 안정제 먹으니까 안 두근거려? 그런 느낌이 들었어? 엄마는 계속 물었다.

"나 별일 아니겠지?"

이미 해는 넘어가 1월 1일이었다. 어느덧 나는 한 해를 얼마나 잘 살았는지 자랑하려던 계획 따위는 잊었다. 페이스북을 켜고 내게 두 차례나 찾아온 심장 두근거림에 관해 썼다.

D+3

가까운 지인들에게 고민 상담을 했다.

정신과 상담을 받아보는 게 어때?

마침 페이스북에 접속해 있던 지인분에게서 메시지가 왔다. 전 직장에서 비즈니스로 몇 번 미팅을 가진 적 있는 팀장님이다. 새해를 맞이하는 소중한 순간을 기꺼이 나를 돕는데 할애하신 팀장님은 《콰이어트》, 《신경끄기의 기술》, 《아직 불행하지 않습니다》란 책 세 권을 추천해주셨다. 작금의 나는 조용히 신경을 좀 끄고 행복해질 필요가 있으니 명약을 주신 셈이다.

"인터넷으로 주문하면 3일은 지나고 오니까 아침 되면 바로 서점에 가세요. 그리고 읽으세요."

나는 책을 좀처럼 읽지 않는다. 책 읽기를 얼마나 싫어하냐면 학창 시절에는 영어 단어책도 읽지 않으려 해서 결국 녹음 파일을 들으며 외웠다. 하지만 그날 웬일인지 나는 무작정 팀장님 말에 따랐다. 기분이 조금 나아지는 것 같기도 했다.

연말 정산 시즌이라 다음날은 퇴근하고 전 직장에 원천징수 서류를 받으러 찾아갔다. 늦은 시간이었는데도 대표님이 일하고 계셨다. 제주도에서 있었던 일을 털어놓자 대표님은 손으로 입을 가리며 작게 말씀하셨다.

"정신과나 심리 상담 같은 거 받아봐."

대표님은 예전부터 신통방통한 데가 있다. 적어도 나에겐 그랬다.

"마음 닫지 말고 넓게 봐야 해. 내가 볼 땐 너한테 숫자도 어울려."

입사 한 달 반이 되던 날, 숫자가 싫어서 지금 팀에 있는 게 천만다행이라는 내 말에 대표님은 뜻밖의 말을 하셨다. 그것 참 비현실적인 조언이라 생각했던 나는 얼마 안 가 팀을 바꾸고 진짜 적성을 찾았다. 숫자가 전부인 팀이었다.

"내가 너한테 계속 말했지. 자신감. 자신감을 가져. 꼭."

나는 자신감이 과해서 문제인데 뭘 모르신다 싶었지만 또 대표님이 옳았다. 나는 결국 그놈의 자신감이 족쇄가 되어 회사를 떠났다. 그래서 나는 더이상 대표님의 말을 흘려들을 수가 없다.

예전처럼 안 살래요. 회사가 준 목표는 꼭 달성해야 하는 건 줄 알았는데 그거 달성 안 한다고 지구가 무너지는 것도 아니고 회사가 망하는 것도 아니더라고요. 제 몸만 상했어요. 이제는 아무 의욕도 없어서 하고 싶은 것도 없고. 기대가 안 돼요. 툴툴대는 내게 대표님은 부드럽게 말했다.

"아니야. 내가 너를 아는데 너는 열심히 하고 잘하고 싶어 하잖아. 상담을 받으면 네가 받는 압박을 건강하게 즐기면서도 목표까지 달성하는 방법을 깨닫게 될 거야."

사실 작년 여름, 심리 상담을 알아본 적이 있었다. 불면증으로 괴로워하는 나를 본 동료가 집 근처 심리 상담소 번호를 찾아 주었기 때문이다. 내일 오전에 꼭 전화하고 나한테도 다시 이야기해. 신신당부하는 그녀의 마음 씀씀이를 외면할 수 없어 트라우마 전문 상담소라는 그곳에 전화를 걸었다.

"저… 여긴 트라우마 상담하는 곳이라고 하던데 저처럼 그냥 직장 생활에서 겪은… 좀 사소하게 보일 수 있는 일도 접수가 되나요?"

상담원은 감정 없는 목소리로 "그런 건 상관없는데 1회 10만 원이고 9월 말까지 예약이 차 있습니다. 그래도 하실래요?"라고 물었다. 아… 아니요. 역시 비싸구나. 9월 말이면 석 달은 지나야 한다. 그때쯤이면 자가 치유되어 있지 않을까? 머릿속에서 계산기가 돌아갔다. 사실 마음이 너무 너덜너덜한 상태라 상담 선생님에게 털어놓고도 오히려 상처받는 일이 생길까 두렵기도 했다.

결국 나는 혼자 이겨내 보기로 하고 심리 상담 대신 2

박 3일 봉사 활동 캠프를 떠났다. 그곳에서 나는 봉사의 기쁨으로 상처가 치유되는 기적의 그림을 기대했지만 마지막 날 밤 자기소개를 하다가 펑펑 울어버렸다.

"저는 심리 상담을 알아보다가 사정상 스스로 고쳐 보려고 여기 왔는데요. 눈물이 계속 나는 걸 보니까 아무래도 병원에 가야겠네요."

울면서 하는 내 농담에 다들 웃었다. 하지만 나는 그 뒤로도 병원에 가지 않았다.

대표님을 만나고 얼마 지나지 않아 내가 가장 좋아하는 동료들과의 치킨 모임이 있었다. 우리는 나이도 사는 곳도 하는 일도 제각각인데 어쩌다 보니 치킨 아래 하나가 되었다.

"나 해 주고 싶은 말이 있어."

하하 호호하던 와중에 한 분이 진지한 얼굴로 입을 열자 나는 내심 긴장했다. 아마 스트레스 받지 마라, 회사에 너무 몰입하지 말아라 같은 말을 하시겠지. 나는 어른들에게 그런 말을 자주 듣는다. 회사 말고 네 인생을 살아.

"몇 년 전에 우리 와이프도 그랬어."

하지만 그분에게서 흘러나오는 말은 의외의 것이었다.

"초기에 빨리 병원을 가. 요즘 정말 많은 사람이 겪고 있는 문제 같아."

사실 나도 알고 있었는지도 모른다. 제주도의 그날 밤은 배탈도 급체도 아니었다. 마침 옆에 앉아 있던 분이 자신의 절친이 운영 중인 정신건강의학과가 아주 좋다며 이름을 적어 주셨다.

"그리고 오늘은 특별히 치킨값 안 내도 돼."

고마운 사람들. 이제 진짜 미루면 안 되겠다.

"안녕하세요. 첫 내원이고요.
토요일 오전으로 예약할게요."

D+7

정신과 첫 번째 방문

“공황이 맞네요.”
이번 생에 정신과는 처음이라

직장 생활을 하다 보니 토요일 오전 밖에 시간이 되질 않았다. 다행히 간호사 선생님은 전화로도, 실제로도 아주 친절하셔서 움츠렸던 마음이 조금씩 펴졌다. 병원을 둘러 보니 중년 여성이나 할머니들이 많았다. 나이를 먹어도 힘든 건 사라지지 않는구나. 삶의 팍팍함은 세월이 지나도 익숙해지지 않는 것인가. 생각이 꼬리를 물다 보니 내 차례가 왔다.

“공황 발작 증세가 오셨던 게 맞네요.”

의사 선생님이 첫 마디를 뗄 때까지도 나는 설마하니

공황장애와 관련 있겠나 싶었다. 비록 병원 문턱은 넘었지만 내심 '별일도 아니네요. 그냥 살다 보면 있는 증상입니다.' '아, 역시 제가 엄살이 심했죠?' 따위의 대화를 하게 될 거라 예상한 것이다. 땅땅. 공황 장애입니다.

의사 선생님의 선고에 나는 놀랐던가, 안도했던가.

"그런데 증상이 전형적이진 않아요. 보통 고통이 극심하게 30분 정도 오고 마는데 다음날까지 계속 아프셨으니까."

인터넷에서 공황 발작을 경험한 사람들의 이야기를 본 적이 있다. 하나같이 그 순간은 정말 죽을 것처럼 고통스럽다고들 했다. 나는 잘 모르겠다. 살면서 죽을 것같이 아프다는 생각을 해 본 적이 있었나? 종종 크게 아팠던 적은 있었지만 나로서는 사람이 죽을 때 어느 정도로 아픈지 모르니까. '죽을 것 같이 아프다'는 언제 써도 되는 건지 감이 없었다. 몇 년 전 수술을 하기 전에도 '이 정도 진행되었으면 그동안 통증이 심했을 텐데 어떻게 참으셨어요?'라는 질문을 받았다. 아프긴 했는데 원래 이만큼은 다들 아픈 건 줄 알았는데요.

“숨을 잘 못 쉬거나 할 때는 있나요?”

“숨이 차올라서 이러다 숨쉬기 힘들겠다 싶을 때가 가끔 있어요.”

“그럴 때 아무것도 못 할 것 같아서 절망스럽고 그러신가요?”

“아뇨. 그냥 별생각 없었어요.”

의사 선생님은 부드러운 눈으로 나에게 이것저것 물어보며 차트에 메모하셨다. 내가 찾은 병원은 두 분의 원장 선생님이 토요일마다 격주 근무를 하는 스케줄이었다. 토요일밖에 올 수 없는 나는 어쩔 수 없이 다음 예약이 2주나 지나야 가능했다.

“만약에 단순히 공황 증상만 있는 거면 아주 심플해요. 꾸준히 약만 먹으면 나을 수 있어요. 그런데 내가 감당할 수 없는 힘든 일이 있어서 신체에 공황이란 반응이 온 거면 좀 더 문제 해결이 복잡해져요.”

선생님은 그걸 알아보기 위해 심장 검사와 다양한 심리 진단 검사를 해보자고 하셨다. 감당할 수 없는 힘든 일이라. 후자인 것이 안 봐도 뻔했지만 전자일 수도 있으니까. 아니 제발 전자여라. 심플하게 가자.

"그사이에 혹시 공황 발작이 올 수 있으니까 약을 드릴게요."

"저는 평소에도 심장 두근거림이 좀 심한 편이라서요. 어느 정도로 심장이 두근거리고 아플 때 약을 먹어야 하나요?"

"제주도에서 괴로웠던 그 느낌 기억하죠? 그 정도로 아프면 드세요."

심장 검사는 간단했다. 손목과 발목에 집게 같은 것을 끼우고 가만히 앉아 있다 보면 끝난다. 짧은 듯 긴 그 시간 동안 눈을 어디에다 둬야 할지, 어떤 표정을 지어야 할지 방황하다 보면 간호사 선생님이 문을 열고 들어온다. 집에서 풀어와야 할 문답지 양을 보니 2주 뒤에 예약하길 잘했다는 생각이 들었다.

"보험 처리하시는 거죠?"

보험? 의료 보험? 혹시 불이익이 있으려나. 있어도 뭐 어쩔 거야. 이왕 월급에서 성실히 떼여 왔으니 누리겠다는 각오로 보험 처리를 했다.

그렇게 나온 금액 6만 원. 예상보다 훨씬 적은 금액이었다. 그간 예쁜 쓰레기들을 사 모으는 데는 그렇게 정성이었으면서 왜 내 마음을 위해서는 이 정도 돈도 아까워했을까.

D+12

문장완성검사지 작성

'나를 괴롭히는 건'
문장완성검사에 담긴 속마음

600문제를 한 시간 만에 끊기지 않고 풀어야 하는 검사 하나를 제외하고는 시간제한이 없었다. 해서 퇴근하고 여유가 있을 때마다 짬짬이 풀었다. 워낙 심리 테스트를 좋아하는 타입이라 문제를 푸는 것은 제법 재미있는 일이었다. 그중에도 가장 신나게 시작한 것은 주어진 문장의 다음 말을 채우는 '문장 완성 검사'였는데 풀다 보니 뭔가 들킨 기분이 들었다. 나란 인간 정말 투명하구나.

나의 아버지는 나를 사랑한다.

아버지와 나는 친하다.

대개 아버지들이란 회사에서 돈 버느라 힘들 것이다.

나는 아빠를 많이 사랑한다. 같이 산 세월보다 떨어져 있었던 시간이 더 많아 애틋한 마음이 있다. 아빠가 혼자 가족들을 먹여 살리느라 얼마나 고생했을지 자주 생각하곤 한다.

남편은 험난한 세상을 평생 함께 헤쳐나갈 단짝 친구다.

내가 정말 행복하려면 내가 사랑하는 남자와 결혼을 해야 한다.

임신부를 보면 부럽다.

그리고 언제가 될지는 모르지만 사랑하는 남자와의 결혼, 임신과 육아에 대해 긍정적인 생각을 하고 있다.

남자들은 운이 좋다, 왜냐하면 여자로 사회생활을 하지 않아도 되기 때문이다.

남자에 대해서 무엇보다 좋지 않게 생각하는 것은 자신보다 뛰어난 남자는 욕하지 못하지만 뛰어난 여자는 깎아내리는 것이다.

여자이기 때문에 가장 불리한 점은 직장 생활을 하는 것과 며느리가 되는 것이다.

하지만 나는 직장 생활에서 만나는 '남자'라는 존재에 굉장히 예민하게 반응하고 있었다. 아빠나 미래의 남편에게 가지는 몽글한 마음과는 전혀 달랐다. 이 정도로 강하게 생각하고 있는 줄은 몰랐는데.

"꿈은 없고요. 하고 싶은 것도 없고, 돈 받은 만큼만 일할 거고, 돈 많으면 일은 안할 거고."

철옹성을 치고 말하는 내게 동료가 포기하지 않고 물었다.

"애나가 그렇게 생각하게 된 계기가 뭘까요?"

실패한 적 없이 승승장구한 인생을 살았다는 그는 나의 상실감과 좌절을 잘 이해하지 못하는 눈치였지만 그래도 궁금해했다.

"그냥 유기견이라고 생각하세요."

버림받은 기억이 있어서 그래요. 그는 '정말 딱 그렇네요.'라며 고개를 끄덕였다. 애나 마음을 열 때까지 시간이 걸리겠어요.

나는 사랑한다.

나에게 가장 문제 되는 것은 상처받은 마음이다.
나를 괴롭히는 것은 과거의 기억이다.
내가 가장 바라는 것은 나에게 상처를 준 사람이 미안하다고 말하는 것이다.
양심의 가책을 느끼는 일은 신입 팀원들의 수습을 통과시키지 않은 것이다.

D+21

정신과 두 번째 방문, 검사 결과가 나왔다.

우울감이 중증 이상이라
치료가 필요합니다

2주는 바쁘면서도 더디게 흘러갔다. 종종 퇴근길 지하철에서 숨이 가빠졌다. 그럴 때면 10여 년을 매일같이 탄 지하철이 생경했다. 짜증이야 일상이었지만 한 번도 이 공간에 있는 것이 버겁거나 뛰쳐나가고 싶었던 적은 없었던 것 같은데. 치밀어 오르는 이 느낌은 분노인지 불안인지 구분되지 않았다. 하지만 공황 발작이 오면 바로 먹으라며 의사 선생님이 처방해주신 약은 한 번도 먹지 않았다. 언제 먹어야 할지 여전히 가늠하기 어려웠기 때문이다. 적어도 남에게 고통을 숨길 수 있으면 아직 괜찮은 거 아닐까? 겉보기에 내 모습은 고단한 하루를 끝내고 집으로 돌아가는 여느 직장인과 같았다. 나는 늘 표정 없는 얼굴로 양을 세며 내릴 역에 도착하기만을 기다렸다.

일상 속 작은 위기를 두어 번 지나자 영영 올 것 같지 않던 병원 예약 날이 되었다. 기대에 찬 내 앞에 여러 가지 결과지를 내민 의사 선생님은 가장 먼저 심장 검사 결과를 말씀해주셨다. 우려와 달리 심장에는 별다른 문제가 없었지만 스트레스 저항도가 98%로 굉장히 높았다.

"스트레스 저항도는 스스로 스트레스를 받지 않으려고 저항하는 힘을 말하는 거예요. 보통 50~60% 정도인데 98%라는 수치의 장점은 내가 그 정도의 의지와 힘이 있다는 것이고, 단점은 그럼에도 불구하고 저항해야 할 스트레스가 너무도 많은 것이라는 거죠."

노년에 접어들수록 스트레스 저항도가 낮아져서 공황 증세가 오기 쉽다고 했다. 반면 나는 스트레스 저항도가 심히 높아 예상과 달리 공황 증세는 10% 정도로 낮았다. 의사 선생님은 웃으며 좋은 징조라고 말씀하셨다. 약은 조금만 먹어도 되겠어요.

"여기 보면 K가 굉장히 높죠? 이건 신체화라고 하는 건데 스트레스 받거나 힘들어도 참고 억누르다가 신체로 증상이 나오는 거예요. 애나 님은 정말 많이 참는 사람이네요."

돌이켜 보면 어릴 적부터 나는 항상 뇌와 몸이 따로 노는 것 같다는 느낌을 받았다. 나의 뇌는 몹시 쿨하여 시험기간이 되어도 의연했는데 몸이 아파서 병원에 가면 학업 스트레스라는 진단을 받곤 했기 때문이다. 엄마는 어이없어하며 '이 아이는 공부는 안 하고 잠만 잘 잡니다'라고 항변했지만 어쨌든 나는 자주 아팠다.

"애정 욕구, 사랑받고 싶고, 관심받고 싶은 욕구도 큰 성향의 사람인데 아마 그것도 표현하지 못하고 참는 사람일 거예요."

검사지를 보면 이런 것까지 다 나온답니다. 의사 선생님은 미소를 지으며 말을 이어갔다.

"우울감은 상, 중, 하 중에 중보다 높아요. 치료가 필요한 상황입니다. 예민도도 높아져 있어서 외부 자극에 굉장히 약해져 있어요. 불안감도 있고요."

네? 제가 치료가 필요할 정도라고요? 엄마가 옆에 있었다면 또 어이없다고 웃었을 것이다.

"선생님, 저는 우울하다고 생각해 본 적이 없는데요. 좀 쉽게 행복해져서 퇴근하고 침대 위에 누워 있기만 해도 행복해하거든요."

"그러게요. 본인이 직접 작성한 문답지에는 우울감이 전혀 없고 문제가 하나도 없는 점수가 나왔어요. 이 정도면 뭐 신나서 날아다녀야 하는 사람 수준인데."

급속도로 혼돈에 빠지는 내 상태를 눈치챘는지 의사 선생님은 재빨리 말씀하셨다.

"행복하다고 생각하는 건 좋은 거예요. 계속 지금처럼 잘 하시면 돼요. 덕분에 공황 증세도 약한 것 같네요."

의사 선생님은 왜 스트레스 저항도 끝판왕인 내 신체에

공황 발작이 시작되었는지는 굳이 묻지 않으셨다.

“본인 의지도 있고 지금은 많이 괜찮아지셨다고 하니까 약은 최소한으로 먹어도 될 것 같아요.”

그치만 그래도요.

“선생님 약만 먹으면 제 마음의 상처나 트라우마가 사라지나요?”

정말 저한테 아무것도 물어보지 않으셔도 되나요?

“기억은 사라지지 않고 계속 남아있을 거예요.
하지만 더는 그 기억이 내 몸과 마음을 괴롭히지
못하게 약이 도와줄 거예요.”

D+23

검사 결과를 듣고
지난 직장생활을 돌아봤다.

"더 참아야 하는 줄 알았어요."
나의 트라우마

"애나 님은 자꾸 참으려고 하네요. 참을 생각부터 하는 것 같아요."

처음 나간 직장인 모임에서 한 시간가량 나와 이야기하던 사람들이 말했다. 제가 참고 있나요? 더 참아야 하는 건 줄 알았는데요?

해서 K 지수가 높다는 병원 결과를 들었을 때 나는 인증 마크를 받는 느낌이었다. '그동안 고생하셨습니다. 참으신 게 맞습니다.'

나는 의외로 조용한 걸 좋아하고, 수줍음 많고, 논리적인 내향적 인간이다. 다만 돈을 벌 때는 좀 더 대중적인 탈을 쓴다. 남들이 보는 나는 아마 즉흥적이고, 유치하고, 솔직한 사람일 것이다. 더도 말고 덜도 말고 시끄럽고 발랄한 여고생. 그래서 누구나 다가가기 쉬운 외향적 인간. 나는 줄곧 그 이미지가 싫지 않았다. 쾌활한 여고생이라고 해서 일할 때도 가볍거나 전문성이 떨어지는 것은 아니라고 생각했기 때문이다.

하지만 직장 생활을 하면 할수록 그런 취급을 당한다는 느낌을 받았다. 사회생활을 잘 하기 위해 밝은 척 애쓴 나의 모습이 오히려 족쇄가 되고 있어? 이건 나의 자격지심일까? 콤플렉스야? 아니면 진실?

15년 전 이화여대 진덕규 교수는 학생들에게 이런 말을 했다고 한다.

"앞으로 사회에 나갈 때, 그래서 너희가 어떤 자리에 올랐을 때, 또 애인을 만날 때, 항상 이걸 명심하고 살아라. 스스로를 검열하지 말아라. 너 자신을 검열하려 들지 않아도 너희는 지나치게 착한 아이다. 그럼에도 너희는 자꾸 스스로 얼마나 깨끗한지 더러운 건 아닌지 되돌아보려 한다. 그게 너희를 약자로 만든다."

애석하게도 15년 전 그 자리에 없었던 나는 사회에 나가 자기 검열을 반복했다. 스스로 약자로 가는 급행열차에 탄 것이다. 나는 아직도 첫 회사에 출근하던 날, 내 면전에다 대고 "왜 여자애를 데려왔어? 남자애 데려와. 여자애랑은 할 말 없어!"라고 소리치던 아빠뻘의 직원을 잊지 못한다. 그는 나만한 딸도 있었다. 그 후로 유리 천장에 부딪힐 때마다 내가 내린 결론은 '남자들보다 몇 배로 더 참아야 한다.'였다. 웬만큼 참으면 티도 안 날 거라고, 한 번이라도 화내면 역시 여자랑 일하기 힘들다고, 여자라서 예민하고 감정적이라 말할 거라고. 나는 매일같이 내가 잘 참았는지 검열했다.

굳이 여자라서가 아니더라도 나의 참는 습관은 천성인지 환경인지 그 시작을 분별하기 어려울 정도로 오래되었다. 나는 늘 잘 살고 싶어서 참았다.

큰 이모나 넷째 삼촌은 틈만 나면 내게 초년 운이 나쁘다고 혀를 찼다. 내 가정환경이 그리 좋지 않다는 것은 나도 알고 있었다. 그것이 내 잘못은 아니지만 팔자의 억울함을 호소하다 보면 모두가 질려 떠나갈 것이란 것도 알고 있었다. 그래서 10대의 나는 밝고 씩씩한 연기를 하며 참았다. 나의 우울한 현실은 숨기고 친구들의 사사로운 고민을 들어주었다. 때로 외로운 기분이 들었지만 친구들과 온종일 함께 하는 그 시절이 좋았다.

직접 돈을 벌기 시작한 스무 살이 되고 나서부터는 좀 더 나아졌다. 학교에 가기 전에 오전 알바를 하고, 끝나고서는 저녁 알바에, 방학과 주말에도 알바를 하고 있었지만 괜찮았다. 졸업 사진은 찍지 못했지만 친구들과 맛있는 밥을 먹을 때 돈이 없다고 아쉬운 소리를 하지 않아도 되었고, 학점도 좋아서 조별 과제가 있을 때면 나와 같은 조가 되고 싶어 하는 학과생들이 많았다. 칠흑 같았던 언론고시생 시절에도 나는 벌어둔 돈이 다 떨어져 갈 때쯤 꼭 일을 구했기 때문에 영어 학원 갈 돈은 없어도, 친구의 결혼식에는 배낭을 메고서라도 갔다. 나는 PD가 될 사람이니까 괜찮아. 얼마 안 되는 축의금을 마련하려고 중고 나라에 신화 CD를 팔면서도 그렇게 생각했다. 굴곡 넘치는 내 초년운에도 사람들이 나를 '아직 철없는 여고생'쯤으로 보는 것도 나쁘지 않았다. 아르바이트라면 서른 개도 넘게 했는데 고생 한 번 안 한 공주님으로 봐주는 건 좋은 거 아닌가? 얄팍한 생각에 그들의 기대에 맞게 굴었던 것 같다. 그런데 그것이 결국 더 많이 참아야 살아남을 수 있는 나를 만들었다.

스타트업에서 처음 일을 시작했을 때 나는 이상한 나라의 앨리스가 된 기분이었다. 그간 내가 다니던 회사들과 직원들 성향도, 당연하다고 여기는 직장 매너도, 암묵적인 룰도 모두 달랐다. 때때로 그건 옳지 않아 보였고, 나와는 맞지 않았지만 나는 그저 회사가 너무 좋아서 닮고 싶었다. 나는 사랑하는 회사를 위해 또 참았다. 결국 지쳐서 회사를 떠나게 되었을 때 남겨두고 가는 것이 걱정되어 이것저것 챙겨 주려는 내게 팀원들은 말했다.

"애나가 너무 운이 없었던 거니까 우리 걱정은 하지 마. 고생했어. 다음 회사에서는 좋은 사람들 만나서 꽃길 걸어요."

그런 거야? 내가 더 참지 못해서가 아니라,
정말 내가 운이 없었던 걸까?

흔히들 불행을 타고난 사람들은 너무 불행이 익숙한 나머지 불행하지 않은 상태를 견딜 수 없어서 스스로 더 불행하게 만든다고 말한다. 나는 이 말에 동의하지 않는다. 세상에는 정말 많은 경우의 수가 있고 다양한 사연이 있는데 이보다 오만한 결론이 어디 있단 말인가. 하지만 현실이 그렇다. 불행이 연속되는 걸 들키면 사람들은 당사자에게 뭔가 문제가 있는 것이 아니냐는 의심을 하기 시작한다. 그래서 나는 늘 운이 나쁘기보다는 성격이 나쁜 쪽을 선택한다. 더 참아야 했다고 생각하는 것이다.

D+35

정신과 세 번째 방문,
3개월간 약을 먹기로 함

초보 공황장애 환자를 짓누른
항우울제의 무게

"파도에 휩쓸리듯이 그냥 그렇게 돼."

결혼을 앞둔 친구가 내게 이런 말을 한 적 있다. '결혼을 결심하게 된 계기가 있어?' '부모님 허락은 어떻게 받았어?' '준비할 때 양가 합의는 잘 되는 편이야?' 미혼이면서 주워들은 건 많은 내가 쏟아내는 질문에 파안미소만 띄우던 그녀였다.

"해보면 알아. 내가 뭘 애쓰지 않아도 쓸려가는 기분이야. 뭐가 날 끌고 가는 것처럼 척척 진행돼."

우와 그런 게 결혼의 연이라는 건가 보다. 그새 한 뼘 더 자란 듯한 친구의 말에 나는 감탄했다.

처음 병원에 방문하던 날,

우습게도 나는 이 생각이 났다.

마치 내가 서른두 살의 1월에 반드시 수행하도록 오래전부터 정해진 운명 같았다. 지인들의 한마디가 모여 파도가 되고, 나는 그 파도를 타고 어느새 의사 선생님 앞에 앉아 있었던 것이다. 시작이 이렇다 보니 나는 내 병이나 내가 먹는 약에 대해서 잘 알지 못했다. 아는 건 없지만 일단 병원 문턱은 넘었으니 나도 한 뼘 더 자랐겠지? 하고 괜히 들떠있기나 했다. 게다가 본격적으로 막살기 시작한 뒤로 내 정신 건강은 많이 호전된 것처럼 보였다.

"좋네요. 그래도 한 번 증상이 오면 3개월 정도는 약을 먹게 하거든요. 어차피 애나 님은 지금 최저 용량을 먹고 있으니까 4월까지는 먹고 끊는 작업을 하죠. 이렇게 작은 용량이라도 끊는 작업이 필요해요."

나를 안심시키기 위해서인지 의사 선생님은 매번 타이레놀을 주는 것처럼 대수롭지 않은 목소리로 약을 처방하셨다. 그래서 나는 꼭 감기에 걸린 기분이었다. 그것도 아주 약한 감기. 해서 내가 먹는 약의 무게를 몰랐다. 그게 문제가 될지도 몰랐다.

약의 장점이자 단점은 잠이 온다는 것이다. 주로 퇴근하고 저녁 식사를 한 뒤 바로 약을 먹는데 얼마 안 가 잠이 쏟아진다. 누가 마취총이라도 쏜 것 같다. 의사 선생님은 약에 수면제 성분은 없지만 긴장을 완화 시켜 졸릴 수 있다고 말씀하셨다. 그러기엔 너무 심하게 잘 자는데요. 다른 의미로 저녁 있는 삶이 사라졌다.

잠탱이가 되었다는 나의 후기에 불면증을 호소하던 지인들이 엄청난 관심을 보였다. 약의 정체를 궁금해하던 그들은 약 표면에 쓰인 글씨를 유심히 보더니 바로 인터넷에 검색했다. 약을 족히 30번은 털어 넣어놓고 나는 왜 한 번도 검색해볼 생각을 못 했지?

"항우울제. 자살 방지약이라고 하네."

네? 검색 결과를 읽어주는 지인의 목소리가 내 심장에 쿵 하고 내려앉았다. 내가 그런 약을 먹고 있었다고? 아주 작은 저 약이? 나는 예상 밖의 그 단어가 주는 무게에 짓눌렸다. 저게 그런 무시무시한 이름의 약이었어?

"당연히 항우울제 주겠지. 그럼 뭘 먹을 거라고 생각한 거야?"

놀랐다는 내 말에 친구는 아무렇지 않게 답했다. 그러게. 나는 왜 몰랐지? 그리고 왜 이렇게 무섭게 느껴지지? 나는 다르다고, 나는 별문제가 없다고. 상태가 좋아 아주 작은 용량만 처방한다는 의사 선생님 말씀을 방패 삼아 나는 그렇게 내 현실을 회피하고 있었는지도 모른다.

한 번은 바깥에서 약속이 늦게까지 있는 바람에 약을 자정 지나고 먹은 적이 있다. 다음 날 아침 나는 도저히 일어나지 못해서 오전 반차를 써야 했다. 잠에 취했는지 몸이 천근만근 침대 밑으로 가라앉는 느낌이었다. 나는 항우울제라는 단어의 무게를 차치하고서라도 생업에 지장을 받지 않기 위해 시간이 늦어지면 약을 생략했다. 연휴에는 어차피 집에만 있으니 먹지 않았다. 마감도 없고, 압박받을 일이 없던 날도 굳이 먹지 않았다. '약 많이 먹으면 건강에 안 좋겠지?' '안 먹고 최대한 버티는 게 좋겠지?'란 대책도 없고 근거도 없는 믿음 때문이었다. 하지만 약을 먹지 않은 날에는 어김없이 심장이 뛰었다. 괜찮을 줄 알았는데 괜찮지 않았다. 나는 뒤늦게서야 검색을 통해 약물 복용을 임의로 중단하는 것이 얼마나 위험한 일인지 알게 되었다.

내가 약 먹는 것조차 참을 줄은
의사 선생님도 모르셨겠지.

"나 이미 너무 띄엄띄엄 먹었는데 어떡하지?"

나는 2년 전 수술을 한 뒤로 재발을 막기 위해 술을 마시지 않는다. 처음 병원에 갈 때만 해도 술을 안 먹는 게 너무나도 당연해서 의사 선생님에게 특별히 이야기할 필요가 없었다. 하지만 참지 않고 막살겠다는 범주에 '칵테일'과 '와인'이 들어가면서 문제가 생겼다. 나는 고삐 풀린 망아지가 되어 조금씩 술을 마시게 되었다. 그러던 어느 날 친구와 칵테일을 여러 잔 마시다가 문득 생각이 났다.

"술 마시고 약 먹으면 안 되나?"

"안 될 것 같은데."

그랬다. 항우울제를 먹을 때 술은 절대 마시면 안 된다고 강조 또 강조되어 있었다. 부작용은 강한 자살 충동이라며 빳빳하게 밑줄 처리되어 있는 것을 보고 다시 심장이 덜컹 내려앉았다. 주여. 부디 이것이 인터넷 괴담이게 해주세요.

나는 아직 한 뼘 더 자란 것이 아니었다.

D+56

첫 번째 심리 상담

“참 안됐다.” 나를 울린 심리 상담가의 한마디

몇 년 전 회사 근처에 예쁜 책방이 생겼다. 쌍따봉을 날리는 직장 동료들의 간증에 출근 때마다 호시탐탐 방문을 노렸지만 어째 일에 치여 한번을 못 갔다. 주말에라도 따로 찾아 가보고 싶었지만 쉬는 날이면 넷플릭스 시청 스케줄이 빠듯하게 잡혀 있던 집순이에게 쉽지 않은 일이었다.

그런데 마침 그 책방에서 심리 상담 프로그램을 시작한다는 것이다.

‘안 그래도 어떻게 생겼는지 구경하고 싶었는데 이 기회에 가야겠다.’

그리하여 구경은 공짜인 책방을 보러 한 시간에 9만 9천 원인 심리 상담을 예약한 사람이 여기 있습니다. 나란 인간, 실로 내수활성화의 요정이 아닌가. 그렇게 얼떨결에 나의 심리 상담이 시작되었다.

12월에 공황발작 증세를 보여 현재 병원에서 약물치료를 받고 있습니다. 상처가 될만한 일은 일 년이 지나서 심적으로는 많이 안정된 편이고, 신체적인 문제는 약의 도움을 받고 있어요. 스스로 괜찮다고 생각하지만 혹시 제 생각과 다르게 괜찮지 않은 걸까 봐 걱정이 되어요. 전 정말 괜찮은 게 맞을까요? 저도 모르는 문제가 마음에 쌓여서 나중에 터지는 건 아닐까요?

약속된 시간보다 조금 이르게 책방에 도착했다. 사전 질문지에 이것저것 적어서 내고 조금 기다리자 회의실 안에 있는 상담 선생님을 만날 수 있었다. 술술 털어놓는 내 속내를 잠자코 듣고 있던 선생님은 한마디 하셨다.

"'이제 눈물이 나지 않는 걸 보니까 괜찮나 봐요'란 말이 계속 기억에 남아요. 애나가 그동안 어떻게 살아왔는지

함축된 말 같아요. 이 사람은 정말 많이 고민하고, 치열하게 생각하고, 잘살아 보려고 억누르고 애썼구나."

얼마 전까지만 해도 그 일을 떠올리기만 해도 눈물이 났다. 열심히 잘 살다가도 방바닥에 누워서 혼자 눈물만 주룩주룩 흘리기도 했다. 누군가에게 얘기라도 할라치면 눈물이 멈추질 않았다. 하지만 상담 선생님에게 털어놓는 그 순간, 나는 전혀 눈물이 나지 않았다. 앞으로도 울지 않을 수 있을 것 같았다. 그럼 저 이제 괜찮은 거 아닌가요?

"애나가 자신의 마음에 대해 표현하는 걸 보면요. 비유가 너무 적절해서 얼마나 이 사람이 스스로에 대해 알려고 고민을 많이 했는지 알겠어요. 뇌와 몸이 꼭 따로 노는 것 같다고 이야기했죠? 애나는 오뚝이처럼 그동안 넘어져도 벌떡벌떡 일어나며 살았던 것 같아요. 쾅 하고 부딪힌 오뚝이에게 뇌가 '괜찮지? 괜찮아'라고 계속 말한 거예요. 근데 실제로 부딪혀서 충격을 흡수한 몸은 괜찮지 않거든요. 그러니까 자꾸 나는 괜찮은 것 같은데 몸이 아픈 거예요.

피디 최종 면접 때 자기도 모르게 계속 울었다고 했죠? 저는 간절해서 눈물이 났던 건 아닐 거라고 생각해요. 간절하면 더 울지 않았겠죠. 애나는 그 자리에 가기까지 내가 얼마나 많은 일을 겪으며 고단하게 살았는지 생각나서 눈물이 났던 게 아닐까요?"

그렇다. 어떤 힘든 일이 있어도 나는 빠르게 다시 일어났다. 엄마는 그런 나를 보고 늘 오뚝이 같다고 했다. 좌절할 만한 일들이 너무도 많았지만, 그때마다 좌절하면 나는 보통 사람들의 속도와 수준에 맞춰 살 수 없을 것 같았다. 피디가 될 수 있다면 다 해결될 것이라고, 다른 것은 중요하지 않다고 생각했다. 그래서 일어나고 또 일어났다. 결국 일어났으면 됐다. 일어나서 다시 달릴 수 있다면 괜찮다.

"지금 저희가 상담을 시작한 지 50분 정도 지났는데요. 혹시 본인이 계속 괜찮다는 말만 하고 있다는 거 아시나요? 제가 요리조리 질문을 해봐도 애나는 촘촘히 방어벽을 세우고 괜찮다는 말만 반복하고 있거든요."

그러나 상담 선생님은 나를 보고 이렇게 말했다.

"참 안됐다."

"애나는 대단한 사람이에요. 앞으로도 지금처럼 잘 살 거예요. 그런데 이대로라면 힘들게 잘 살 거 같아요. 그래서 안됐어요. 지금 오뚝이 안에 쌓인 이야기가 많아서 오뚝이가 너무 무거워져 있어요."

나는 그제야 눈물이 펑펑 터졌다. 나는 운이 좋으면서도 나빴다. 겪지 않아도 될 일을 많이 겪었지만, 최악의 상황은 아니었다. 내내 돈에 쪼들렸지만 우리 가족은 건강하고, 피디는 되지 못했지만 취업을 했다. 그래서 견딜 수 있을 만큼의 고난이었다고 생각했다. 한때 나는 모든 문제집에 '강하고 근성 있는 지구인'이라는 문구를 쓰곤 했다. 나는 강해. 작고 유약해 보이지만 강하다.

"사람들은 제가 울보인 줄 알아요. '또 울어?'라고 생각하는 게 두려워서 참고 싶을 때가 많아요. 그런데 그런 생각도 해요. 나였으면 넌 더 울었을 거야."

"맞아요. 잘했어. 너무 잘했어요. 그리고 앞으로도 정말 잘할 거예요. 30년을 이렇게 강하게 잘 버티고 살았는 걸. 당연히 더 잘 살 거예요. 그런데 오뚝이가 앞으로도 별

떡벌떡 일어나려면 안이 가벼워야 해요. 이제 그 안에 쌓인 이야기들을 좀 풀었으면 좋겠어요."

처음 병원을 가기 시작했을 때부터 어느 정도 예상은 하고 있었다. 나의 공황발작은 단순히 작년에 겪은 일뿐만이 아니라 아주 예전의 기억까지 모두 얽히고설킨 결과란 것을. 다만 꼬인 실타래를 어떻게 풀어야 할지 몰랐을 뿐이다.

"첫 상담이 끝나면 제가 가끔 던지는 질문이 있어요. 지금 애나에게 가장 생각나는 말이 뭘까요?"

"…엄마?"

알 수 없는 눈물이 내 뺨 위를 데굴데굴 흘렀다.

"오늘 애나가 수많은 이야기를 했는데 그중 엄마란 단어는 한 번도 안 나왔거든요? 그런데 지금 엄마를 떠올렸어요. 어쩌면 모든 이야기의 중심에 엄마가 있는 걸 수도 있겠어요."

내가 세상에서 가장 사랑하는 우리 엄마. 나는 왜 그 순간 엄마밖에 생각나지 않던지. 여행을 가서 다음 주엔 오지 못한다는 말에 선생님은 숙제를 내주셨다.

"여행 중에 여유가 생기면 오뚝이 그림을 그려보세요. 그리고 그 안에 무엇이 있는지, 그중에 어떤 이야기를 다음 시간에 나누고 싶은지 생각해보세요."

D+67

매트리스를 새로 사고 방 청소.
친구와 여행도 떠남.

사진 속의 너는
왜 항상 웃고 있어?

침대 매트리스를 새로 샀다. 전 직장에서 같은 팀원이었던 분이 매트리스 사업을 시작하셨는데 제품이 워낙 좋아서 이미 동료들은 많이 구매한 터였다. 푹신해서 누우면 꼭 매트리스가 내 몸을 감싸주는 것 같다는 후기가 이어졌다. 참을 수가 없다. 이건 사야 해.

나는 집에 있는 시간 대부분을 침대에 누워서 생활한다. 쌩얼로 침대에 누워서 빈둥대는 것은 내가 가장 행복해하는 순간. 공황 발작을 겪은 뒤 욕망에 따르는 삶을 충실히 살고 있던 나는 행복 증진을 위해 일 순위로 필요한 것이 침대 개선이라는 확신이 들었다. 가장 행복한 순간을 더 행복하게! 해서 매번 예산 부족으로 뒷전으로 미루던 매트리스 구매를 과감히 앞당겼다.

그즈음 나는 소소한 행복을 위해 우람한 소비를 하고 있었는데 의외로 엄마가 전혀 타박하지 않았다. 엄마는 심신이 지친 와중에도 돈을 벌어 보겠다고 회사에 꼬박꼬박 출근하고 있는 나를 말 없이 응원 중인 듯했다.

는 알고 보니 엄마는 이참에 내 방을 깔끔하게 개조시킬 계획을 짜고 있었다. 좀처럼 침대에서 나오질 않는 나를 끌고 이케아에 데려간 엄마는 매트리스에 맞는 침대 프레임을 사고, 오래된 책상을 버리고, 화장대까지 샀다. 온종일 낑낑대며 화장대를 조립하는 나에게 아낌없이 칭찬을 날리는 것도 잊지 않았다. 엄마는 아무리 잔소리해도 치우지 않던 나의 잡동사니들을 드디어 버릴 수 있어 행복해했다. 책상 위에는 놀랍게도 언론 고시 시절 공부하던 프린트가 잔뜩 쌓여 있었다. 내가 족히 5년은 책상을 쓰지 않았다는 것을 의미한다. 하긴 회사 다니면서 책상에 앉을 일이 없었지. 미니멀리즘을 외치며 엄마와 사이좋게 물건을 버리는 것은 나름의 쾌감이 있었다. 예쁘게 변해가는 방을 보니 기분 전환도 되었다. 이래서 사람들이 기를 쓰고 인테리어를 하는 모양이다. 진작에 정리 좀 할걸. 뭐가 그렇게 여유가 없었담.

요란스러운 방 개조 프로젝트 덕분에 베트남 여행 준비는 거의 하지 못했다. 어차피 이번 여행은 근 5년간 다니던 회사를 퇴사하고 휴식 중인 친구를 따라가는 것이기 때문에 나는 그저 몸만 가면 된다는 안일한 생각이 있었다. 베트남 여행 서적을 두 번이나 완독했다는 친구는 분명히 회사 다니느라 피곤한 나를 위해 관광이 아니라 휴양을 하게 해주겠다 약조했다. 이번에는 정말 맛있는 거 먹고 호텔에서 푹 쉬다 와야지. 상담 선생님이 말씀하신 대로 오뚝이도 그려 봐야지.

물론 현실은 녹록지 않았다. 친구는 내가 다낭에 도착하기 하루 전 이미 혼자 오행산을 등반할 정도로 비장하게 관광에 임하고 있었기 때문이다. 나는 곧 친구가 미리 사둔 베트남 전통 모자를 쓰고 강행군에 올라야 했다. 친구가 구글맵에 즐겨찾기 해둔 수많은 곳을 관광하다 보니 다크써클이 무릎까지 내려오고 입술에 수포가 생겼다. 나는 처음으로 회사에 출근해 사무실에 앉아있고 싶다는 생각이 들었다.

그럼에도 베트남은 묘한 매력과 색을 가진 나라였다. 어떤 때는 이국적이다가도 어떤 때는 마치 80년대 서울의 여름을 걷고 있는 것 같았다. 과거의 한 풍경 속에 들어온 느낌. 그 속에서 나는 스물다섯, 스물여섯, 스물일곱, 스물여덟의 나를 보았다. 꿈이 있었고, 최선을 다하면 이루지 못할 것은 없다고 믿었고, 무엇보다 좌절하지 않았던 그녀를 보았다.

"Journey to the past"

나는 추억을 기록하는 것을 좋아한다.

때때로 꺼내보기 위해서다.

어제는 오랜만에 내가 남긴 사진과 글들을 보았다.

스물다섯, 스물여섯, 스물일곱, 스물여덟…

자기연민은 내가 가장 경계하는 감정이다.

하지만 문득 과거의 내가 안쓰럽다는 생각이 들었다.

과거의 나는 괜찮다고 말하겠지만

나는 그녀가 힘들다는 것을 알고 있다.

사진 속의 너는 왜 항상 웃고 있어?

이루고 싶었던 꿈,

결국 영원하지 못했던 사랑,

지나간 후회.

나는 소망한다.

내 것이 아닌 것을 떠나 보내는 삶의 여정이

나를 냉소적으로 만들지 않기를.

많이 웃고

많은 가능성을 꿈꾸기를.

내 이름은 애나,

저는 꿈이 있습니다.

-어느 봄 날 베트남에서

나는 여전히 꿈이 있다. 그러니 많이 웃겠다.

이제 내 것이 아닌 것을 떠나보낼 때, 예전만큼 상처받지 않을 것이다. 밤하늘에 쏟아지는 이별 속에서도 나를 지킬 수 있을 정도의 어른은 되었다. 쌓인 이별이 상처가 되어, 해보지도 않고 안 된다고 단언하는 어른은 되지 않았으면 한다. 해서 좋은 어른이 되려고 병원에 가고 상담도 받는 것이다.

나는 계속 꿈을 위해 노력할 거고,
그건 이루어지지 않을 수도 있지만,
그래도 나는 괜찮을 거야.

D+84

두 번째 심리 상담

왜 이렇게 사람을 잘 믿어요?
인간은 변해요.

시간은 쏜살같이 흘러 두 번째 상담 날이 왔다. 전날 하필 새벽에 퇴근하는 바람에 눈이 제대로 떠지질 않았다. 반쯤 눈을 감은 채 책방 계단을 오르는데 심장이 두근거렸다. 선생님은 나를 도와줄 사람인데 아직 묘하게 긴장이 된다.

지난 상담 이후로 두 번째 시간에 무슨 이야기를 할지 곰곰이 생각해봤다. 상담 선생님 말씀대로 엄마 이야기를 해볼까 했지만 현재 엄마와 나의 관계는 더할 나위 없이 좋았다. 공부하라고 달달 볶던 엄마는 대학에 합격하자마자 쿨하게 내 수험서들을 내다 버리더니 더는 내게 잔소리하지 않았다. 엄마는 목표가 분명한 사람이었다. 내가 무사히 대학에 가자 더는 욕심내지 않았던 것이다. 그보다도 최근 내 신경을 건드리는 것은 따로 있었다.

스물다섯에 인턴으로 처음 직장생활을 시작한 나는 대부분 남초 회사에서 일했다. 주로 여학교를 다닌 내게는 낯설었던 시간 속에서, 뒤처지지 않으려고 앞만 보던 날들이 지나자 나는 부쩍 뒤를 돌아보게 되었다. 회사에 얼마 없는 여성으로 지내면서 겪었던 부당함과 불안감, 좌절의 기억들은 경보도 없이 검은 파도가 되어 내 마음을 마구 부쉈다. 나는 속절없이 떠내려가는 나를 보며 때로는 자책했고, 때로는 원망하면서 답 없는 사회 구조를 환멸을 느꼈다.

병원에서는 의외로 분노에 찬 내 문장완성검사 답변을 문제시 여기지 않았다. 의사 선생님은 당분간 일을 쉬는 편이 좋겠다고 조언했을 뿐이다. 대신 내 다사다난한 직장사를 알고 있는 친구가 물었다.

"네가 회사에서 겪은 사람들, 그냥 나쁜 사람들인데 남자였던 거 아니야? 왜 남자라서 그랬다고 생각해?"

내가 꽤 영리한 줄 착각했던 사회 초년생 시절 나는 부조리에 웃음으로 대처했다. 야한 이야기에는 더 야한 말로, 당황한 티 내지 말고, 예민하게 굴지 말고 남자처럼, 내 또래 남자 동기들처럼 태연히, 그래서 남자 상사들이 나랑 이야기를 나누는 게 불편하지 않게, 나를 여자라고 소외시키지 않게. 그러고 싶었다. 그게 살아남는 방법이라고 생각했다.

그건 모든 것을 망치는 길이었다.

출근 첫날 백발 머리를 한 아빠뻘의 상사가 모두가 있는 앞에서 사귀자고 했을 때, 나는 그의 능글맞은 눈과 사방에서 지켜보는 시선 때문에 곤혹스러웠다. 방금 여자애랑은 일 못 한다고 남자애 데려오라고 소리치던 상사가 차라리 낫다 싶었다. 이 사람은 지금 장난을 하고 있는 건가? 신입인 내 성격을 테스트해 보는 건가? 여기서 내가 정색하면 우스운 꼴이 되겠지? 의도가 무엇이든 지고 싶지 않았다.

"네, 좋아요."

나는 웃으며 말했다. 또다시 모두가 있는 사무실에서 내 손을 잡은 채로 “우리 언제 사귀는 거냐”라고 말했을 때도 “사귀고 있는 거 아니었어요?”라 맞받아쳤을 뿐이다. 손에 닿은 감촉이 소름 끼쳤지만 빼지 않았다. “그래? 그럼 손잡는 거 말고 더 해도 돼?”라며 한술 더 뜨는 그에게 나는 “에이 그건 안돼요”하고 너스레를 떨었다. 누가 나를 좀 도와주세요. 평소에 그는 너무도 말짱해서 가끔 그럴 때마다 나는 혼란스러웠다. ‘이건 장난이다. 누가 봐도 장난이야.’ 머리가 필사적으로 말했다. 마음은 벙어리가 되었다.

그 방에는 한참 막내인 나를 귀여워하고 위해주던 상사들도 많았다. 다들 따뜻하고 좋으신 분들이었다. 하지만 내가 그날, 아니 그런 일이 있던 많은 날마다 백발의 상사에게 맞섰다면 그분들은 내 편이 되어주셨을까. 불의에 웃지 않는 나를 불편해하지 않고 변함없이 챙겨주셨을까. 어떤 선택지가 최악을 면했을지 나는 아직도 확신이 없다. 해서 의미 없는 경우의 수나 따지며 내가 나를 지키지 못한 미숙했던 시간들을 후회하는 것이다. 그가 정말 농담을 좋아하는 짓궂은 사람일 뿐이라면? 아니, 슬프게도 내 직장사에서 그는 끝이 아니라 신호탄이었다.

베트남 여행까지 다녀와 놓고 어쩐지 더 뿔난 만두의 얼굴로 앉아 있는 내게 상담 선생님은 걱정스러운 목소리로 운을 뗐다.

"애나는 과거에 억울하게 겪은 일이 너무 많다 보니 지금 그걸 한가득 등에 업고 있어요. 그렇게 쌓여있는 마음이 너무 무겁고 아프지만 그럼에도 잊지 않아야 하는 게 있어요. 그 상처는 지금 내 앞에 있는 사람들로부터 생긴 게 아니라는 거예요. 애나도 알고 있을 거예요. 그런데 그동안 억누르고 있는 게 너무 많다 보니까 자기도 모르게 과거를 연상시키는 순간이 오면 터지는 거예요. 안타깝게도 화난 애나에게 '정말 힘들었구나. 너를 이해해'라고 해줄 수 있는 사람은 많지 않아요. 지금까지 이야기를 들었을 때 애나 주변에는 그런 포용력 있는 어른이 없어 보여요. 오히려 정글 속에 있어요. 그럼 숨겨야 해요. 정말 애나를 이해해줄 수 있고, 애나가 믿을 수 있는 사람이 아니라면 상담실에서만 이야기하세요."

이런, 이틀 전 술자리에서 이미 친한 남성 동료들을 붙들고 진상을 부린 터였다. 종로에서 뺨 맞고 한강에서 눈

흘긴다고, 뒤늦게 역치에 다다른 나는 괜히 그들에게 열을 냈다. 어쩜 시간이 흘러도 제일 나쁜 방법만 쓰는 건 변하지 않는다. 스물다섯에 풀리지 못한 화가 서른둘이 되어 상관없는 이들의 멱살을 잡는 동안 백발의 그는 다리 뻗고 누워 자겠지. 나는 미안함에 이불을 펑펑 찼다.

불운한 경험들이 반복되면 누가 나의 진짜 적인지 이성적인 판단이 되지 않는다. 너도 그럴 거지? 의심했다가, 너는 안 그럴 거지? 또다시 믿었다가. 나는 자꾸 믿고 싶어 했다. 지금 동료들은 안 그럴 거예요. 저한테 잘해줘요.

"애나는 정말 사람을 잘 믿는 것 같아요. 근데 인간은 변하거든요. 예전에는 애나한테 정말 잘해줬어도 시간이 흐르고 상황이 달라지면 애나에 대한 마음은 얼마든지 변할 수 있어요. 그럴 수 있다는 걸 알아야 상처를 덜 받아요. 사람을 너무 잘 믿으면 누군가에게 이용당하기 쉬워요. 그러다 보면 억울한 일이 자꾸 반복될 수도 있어요. 전 애나가 잘 살길 바라고 응원해요. 그러려면 좀 더 약점을 숨기고, 현명하게 대처해야 해요."

가만히 듣고 있던 나는 이 대목에서 참지 못했다.

"선생님, 제가 억울한 일이 생기는 것이 제가 현명하지 않아서는 아니었으면 좋겠어요."

D+PO

두 번째 상담을 마치고
깊은 생각에 빠졌다.

모든 것은 당신 탓이 아니다

여자로 사는 행복에 점수를 매기자면 스물다섯 살 이전의 나는 몹시 운이 좋았다.

아들만 내리 다섯을 낳아 키운 우리 할머니는 딱히 손자 욕심이 없으셨다. 해서 손녀들만 뛰어다니는 집에서 한 번도 손자 타령을 하지 않았다. 장손을 볼 때까지 꽤 시간이 걸렸는데도 그랬다. 추석이면 며느리들은 종일 주방에서 전을 뒤집었지만, 손녀들은 손자들과 마찬가지로 주방에 얼씬도 하지 않아도 됐다. 그러다 큰며느리인 엄마까지 당당하게 파업을 선언하고 명절 노동에서 제외되자 나는 세상 즐거웠다. 장손인 동생이 태어나고도 나는 변함없이 집안의 왕이었다. 집이 좁아져서 방이 줄었을 때도, 동생 방은 없애도 내 방은 꼭 있었다. 딸로서 불리한 것보다 혜택이 많았던 나는 내가 여자인 것이 정말 좋았다.

고교 시절, 여자 반에서는 수줍기만 하시던 선생님이 남자 반에 가면 헐크가 되어 애들을 때려잡는 일이 흔했다. 복도에서 줄줄이 혼나고 있는 남학생들을 보며 역시 여자로 태어나 다행이라고 생각했다. 여대에 입학하자 지도 교수님들은 여자인 나보다도 여성 인권에 관심이 많았다. 어떻게든 제자들이 사회에서 상처받지 않고 건강하게 살 수 있도록 고민하는 교수님들 아래서 나는 의심 없이 잘 자랐다. 그때까지 내가 여자라서 안 되는 건 하나도 없었다.

하지만 이건 내가 잘해서, 현명해서 얻은 경험이 아니다. 운이 좋았다고 생각한다. 반대로 스물다섯 살 이후에 직장생활을 하면서 내가 겪은 회의감과 억울한 일들도 내가 잘못해서 겪은 것이 아닐 것이다. 운이 나빴을 뿐이다.

살다 보면 정말 아무 이유 없이 나쁜 일이 일어나기도

한다. 아무 이유 없이 누군가 나를 괴롭히기도 한다. 이런 상황에서 모든 것이 내 탓이라고, 그 원인을 나에게서 찾아내려고 하는 순간 우리는 약자가 된다. 착한 사람들은 피해자면서도 내 탓으로 돌리고, 나쁜 사람들은 가해자면서도 피해자 탓으로 돌리고, 제3자는 그냥 피해자 탓을 하는 게 덜 불안하기 때문이다. 아무도 편이 되어 주지 않아 외로운 그때, 내가 가장 약해진 그 찰나를 영악한 세상은 절대 놓치지 않는다.

"애나는 사회 초년생 시절에 겪은 안 좋은 일들 때문에 '사회생활은 이래야 한다'는 잘못된 편견이 생긴 것 같아요. 밖에 나가서 꼭 회사에 대해서 좋은 말만 할 필요도 없고, 회사 안에서도 남자들에게 거슬릴까 봐 눈치 볼 필요 없어요."

매번 철갑옷을 껴입고 코르셋을 조이는 내가 안타까운지 직장인 모임에서 만난 분이 말했다.

맞다. 남자애나 데려오라던 상사가 나쁜 것이지 내가 여자애인 것이 고쳐야 할 일은 아니었다. 농담이라도 사귀자고 능글대던 상사가 나쁜 것이지 내가 여자인 것이 잘못은 아니었다. 이 간단한 진리를 모르고, '내가 힘이 덜 센 여자라서', '군대에 다녀오지 않아 군기가 없는 여자라서', '울까 봐 불편한 여자라서' 그럴지도 모른다고 이유를 찾아 대던 사람. 나다. 내가 저 멀리 보인다. 너를 탓하지 않지만 조금 화가 나기도 하다.

나는 그래서, 고민하고 위로를 찾으며 이 글을 읽고 있을 당신에게 말해주고 싶다. 모든 것은 당신 탓이 아니다. 그러기에 당신은 너무 착하고, 성실하고, 양심적이다. 지금이라도 스스로에게서 원인을 찾는 것은 그만두고 지나간 나쁜 일은 퉤 하고 침을 뱉으면 된다. 이유 없는 이유를 찾다가 괜스레 혼자 울지 않았으면 좋겠다. 사람은 누구나 크고 작게 피해자가 되는 순간이 온다. 그건 우리 잘못이 아니다. 그냥 인생일 뿐이다.

다만 아직 약한 내가 또 참는 편으로 도망치는 대신 자유롭게 믿고 사랑하고 화낼 수 있도록 현명한 선을 찾고 싶다. 이것은 내가 해야 마땅해서 행하는 것이 아니라 나에게 잘해주기 위해 내가 선택한 거야. 내가 겪은 단편과 달리 세상에는 좋은 사람이 많으니까.

과거에 내게 이유 없이 닥친 운 나쁜 경험들 때문에
소중한 가치들을 멀리하고 싶지 않다.
안녕, 우리는 잘할 수 있어.

D+105

세 번째 심리 상담

당신의 불안에
숟가락 얹지 마세요

월요일부터 계속 아팠다. 큰돈 들여 카메라와 렌즈도 사고, 영상 포맷도 새롭게 시도하는 주였는데 하필 컨디션 난조라니. 마감하고 쉬자는 마음으로 힘을 쥐어짜 내서 출근했지만 결국 금요일에 백기를 들고 말았다. 아까운 내 연차. 기어이 -3.5일이 되었습니다. 이대로라면 다음 주가 돼도 출근하기 힘들 것 같아 주말에 야심차게 예약한 미용실도, 색감 보정 클래스도 취소했다. 아무래도 함께 일하던 팀원이 지난주에 회사를 그만둔 것이 꽤나 신경 쓰였나 보다.

나는 웬만큼 아파선 사람들 앞에서 아픈 티가 잘 안 난다. 실제로 집 밖을 나가는 순간 꽤 살만해지기 때문이다.

씻고 화장을 하면 훈족을 치러가는 뮬란이라도 된 양 강해진다. 그러다 퇴근할 때쯤 다 지워져 가는 아이라인과 함께 다시 골골대는 것이다. 내가 꿀꿀 잘 먹어서 아무도 몰랐겠지만 지난 일주일 동안 나는 극심한 소화불량과 복통에 시달리고 있었다. 약을 먹기 시작하면서 사라진 심장 두근거림도 며칠 전부터 다시 나를 찾아왔다. 그리하여 세 번째 심리 상담의 주제는 자연스레 '불안과 압박'이 되었다.

"저는 2주에 한 번씩 큰 영상을 기획해서 촬영, 편집까지 하는데요. 매번 그런 생각을 해요. '애나, 이번 건 별로네요. 실망스러워요.' 라는 말을 듣는 상상이요. 다행히 지금까지 만든 영상은 다 팀에게 만족스럽다는 평을 들었어요. 그런데도 항상 만드는 동안 불안해요. 2주살이 느낌이랄까. 2주마다 성공해야 생존하는 삶이요."

"만약에 애나가 영상을 만든 게 실패한다면 어떤 일이 일어날까요?"

"그동안 한 것이 있으니 한두 번은 괜찮겠죠. 그런데 계속 실패한다면 제 자유가 없어질 것 같아요. 잘해야 회사도 절 믿고 제 기획에 자유가 생기니까."

"회사가 애나한테 영향력이 굉장히 큰가 봐요."

"거의 우주죠. 직장인이다 보니 하루 중에 회사에서 보내는 시간이 가장 많은데 회사는 그 시간 동안 제 행복을 결정할 힘이 있는 대상이잖아요. 저는 지금 제가 하는 일이 좋고, 일하는 환경도 좋은데 제가 부진한 순간 그 모든 것들이 제재 받을까봐 불안해요. 그리고 스스로 잘하고 싶은 욕심도 많아요. 제가 만든 영상이니까 항상 더 잘했으면 좋겠고."

공기업에 다니는 친구는 매일 같은 정장 차림과 융통성 없는 문화에 진저리치면서도 '괜찮아. 우리는 정년 보장돼서 내가 뭔 짓을 해도 웬만해선 안 잘려.'라며 자조했다. 스타트업은 그렇지 않다. 운동화에 후드를 입고 출근하는 대신 언제 망할지 모르고, 무슨 이유로 날 내쫓을지 모른다. 나의 우주는 작지만 자유에 따라오는 책임이 크다. 내게 허락된 일말의 자유를 지키기 위해 나는 매번 숨 막히는 압박 속에서 일해야 했다. 심장 두근거림은 꿈에서조차 필연

적으로 나를 따라다녔다.

"작년에 정말 힘들었거든요. 그대로 좌절해서 저를 망칠 기회가 너무 많았어요. 하지만 절망하고 있을 수만은 없어서 이것저것 했어요. 그때 뿌린 씨앗 덕분에 올해 얻은 게 많아요."

"애나는 힘든 와중에도 뭔가 끊임없이 노력해서 얻어야 한다고 생각했네요. 만약에 올해 얻은 게 하나도 없었다고 해보죠. 그럼 작년의 애나는 어떤 사람이에요?"

"…불쌍한 사람이요."

영상을 만들 때마다 불안해하는 내게 엄마는 사람이 어떻게 늘 잘할 수 있냐고, 혹시 나쁜 평을 듣게 되더라도 콧방귀 뀌라고 말했다. 그래도 불안은 사라지지 않았다. 상담 선생님은 내 마음속의 상자를 꺼내 보자고 말씀하셨다.

"애나의 불안이 담긴 상자를 열어 보니까 이런 소리가 들려요. '야, 너 정신 똑바로 차려야 해. 또 나태해진다? 큰

일 나. 더 해야 해. 더 열심히 하라고. 한순간 삐끗하면 너 끝나.' 이렇게 노력하고 열심히 사는데 왜 따뜻하게 말해주지 않죠? '고마워. 어쩜 이렇게 잘했니? 너무 수고했어' 옆에서 든든하게 응원해주는 엄마도 있는데 자그마한 아가씨가 왜 이렇게 스스로 채근하며 살았을까?"

"음… 제가 저를 돕지 않으면 아무도 도와주지 않으니까요. 요즘 가족이 종종 제 카드를 쓰는 데 기분이 좋아요. 아마 제가 돈 없다고 한 번이라도 말하면 절대 못 쓸 사람들이에요. 저는 계속 우리 가족이 눈치 보지 않고 제 카드를 쓸 수 있으면 좋겠고, 더 펑펑 쓸 수 있게 제가 돈을 많이 벌었으면 좋겠어요. 그동안 다들 사고 싶은 것 못 사고 고생했을 테니까."

"지금은 무리할 때가 아니에요. 애나가 이렇게 자신을 버려 가면서 벌어오는 돈을 가족들은 쓰고 싶어 할까요?"

"모르겠죠. 알면 안 쓰려고 할 거라서 싫어요."

"알아야죠. 그럼 이렇게 합시다."

"불안 위에 본인까지 숟가락 얹지는 마세요. 세상을 살면서, 직장을 다니면서 압박을 받고 불안한 것은 어쩌면 피할 수 없어요. 하지만 거기에다 대고 스스로 더 혹독하게 굴 필요도 없어요. 항상 고맙다고 말해주세요. 너무 수고했다고."

D+112

정신과 여섯 번째 방문

"무리할 때가 아닙니다."
나는 첫째 딸이다

그 다음 주에 찾아간 병원에서도 심리 상담 때와 같은 답을 들었다.

"지금은 무리할 때가 아닙니다."

약이 어땠는지만 간단하게 묻던 선생님은 내 증상이 좋지 않아 보였는지 평소보다 길게 힘주어 말씀하셨다. 잘하고 싶은 마음은 내려놓으세요. 지금까지 무리해서 잘 달려왔어도, 몸이 반응을 보인 이상 이제는 그럴 때가 아닙니다.

속이 울렁대는 택시 안에서 나는 아빠에게 전화를 걸

었다. 마트에 와서 소리가 잘 들리지 않는다던 아빠는 빠른 걸음으로 통화하기 좋은 곳으로 옮겼다. 서울 날씨는 어때? 요즘 회사는 괜찮아? 응, 난 잘 지내. 건강이 최고야. 나는 어릴 때부터 아빠와 친했다. 12월에 공황 발작으로 의무실에 누워 있던 와중에도 나는 꾸역꾸역 일어나 면세점에서 아빠에게 줄 양주를 샀다.

20년 전 맏며느리였던 엄마가 파업을 선언한 이후 아빠는 줄곧 혼자 집안 행사에 참석했다. 효자에다 5남 중 장남, 체면을 무척이나 중요하게 생각하는 아빠지만 한 번도 엄마에게 뭐라 하지 않았다. 요지부동이던 엄마는 몇 년 전 할아버지가 돌아가셨다는 소식에 깔끔하게 KTX를 탔다. 할머니는 여전히 며느리들에게 어마무시한 시어머니였지만 엄마에게는 친절하게 굴었다. 역시 참는 것이 능사는 아니다. 아빠는 이제 혼자 밥도 잘 차려 먹고 청소 빨래도 잘한다. 엄마는 이제 혼자 돈도 잘 벌어오고 최근에는 가게까지 차렸다. 그러고 보니 우리 다 고생 끝에 얻은 것이 있다.

문득 동네에 최근 생긴 빵집의 식빵을 동생이 먹고 싶

다고 한 것이 생각났다. 소문대로 줄이 길게 늘어서 있었다. 동생이 먹고 싶다던 할라피뇨 햄 치즈 식빵은 겨우 딱 하나 남아 있었다. 간신히 마지막 할라피뇨 햄 치즈 식빵을 내 쟁반에 올렸을 때 그 쾌감이란. 엄마가 예쁘지 않냐며 사다 준 수제 구두가 여전히 불편했지만, 쌀쌀한 날씨에 몸살 기운은 가실지 몰랐지만, 발걸음은 가벼웠다.

서울행 고속버스를 탔을 때, 나는 어쩌면 내가 좋아하는 사람과 삶을 함께 보낼 수 있을지도 모른다는 막연한 기대감 속에 약간은 들뜬 기분이었습니다. 그러나 막상 이틀 동안 당신과 함께 지내며 느낀 것은, 이 여리고 고운 사람을 잠깐일지라도 고생시킨다는 것은 나의 지나친 이기심의 발로라고 생각했으며, 스스로도 물러서는 것이 당신을 위한 길이라고 생각했습니다. 그런데 간사한 것이 인간의 마음인가요? 당신을 붙잡고 싶은 나의 또 다른 마음에 당혹감을 느꼈습니다. 이때 당신의 "부산에 내려오겠다"는 말 한마디는 나의 결심을 더욱더 흔들었습니다. 당신이 1~2년 정도의 고생은 참을 수 있다고 나에게 용기를 준다면, 나는 어떤 어려움이 있더라도 헤쳐나가고 앞으로의 행복한 삶을 위해 최선을 다할 것을 다짐해봅니다. 그리고 당신이 나를 삶의 동반자로서 생각하고 결심이 선다면, 이번 기회에 양가 부모님을 만나는 자리를 만들었으면 합니다.

-1986년 5월 29일 아빠의 편지

대학교 4학년이었던 아빠는 도서관에서 엄마에게 이 편지를 쓰면서 어떤 미래를 꿈꿨을까. 한 글자 한 글자 눌러 담았을 청년의 진심과 달리 엄마는 훨씬 더 오랜 시간 고생해야 했다. 아빠는 어떤 어려움이 있더라도 가장의 책임을 다하려고 최선을 다했지만 그냥 그렇게 되었다. 엄마는 힘들었고, 아빠는 외로웠을 것이다.

이 편지를 발견한 건 7년쯤 전의 일이다. 좀처럼 감정표현을 하지 않던 동생은 이 편지를 읽고 펑펑 울었다. 열아홉 살의 너는 그때 왜 울었을까. 어차피 대답하지 않을 거라 이유는 묻지 않았다. 아마 지금은 봐도 아무렇지 않아 하겠지. 동생이 기억하는 한 아빠와 엄마가 사이좋았던 적은 없다. 어릴 때 동생은 유치원에서 종종 이유 없이 울었다고 한다. 크고 나서는 그런 일이 없었다. 나는 저 아이 마음속에 무엇이 쌓여있을지 온전히 알 수 없다.

"애나 씨는 가족에 대한 마음이 크시네요."

"그만큼 가족들이 저에게 사랑을 많이 줬으니까요."

내 장녀 콤플렉스적인 성향은 타고난 것인가 아니면 길러진 것인가.

우리 가족은 기본적으로 선한 사람들이다. 서로를 위해 포기하고 희생한 것이 많았다. 혼자 택시 운전대를 잡았을 때, 혼자 동대문에 옷을 떼러 갈 때, 혼자 철들었을 때 많이 외로웠지? 그래서 나는 가족 생각을 멈출 수가 없는 것이다.

D+128

바빠서 상담을 못 가는 대신
생각을 많이 했다.

나의 아빠
이야기

아빠는 5형제 중 장남이다. 평생 효자 중의 효자였을 것 같은 아빠는 의외로 중학교를 졸업하고 가출한 적이 있다고 한다. 고등학교에 진학하는 대신 얼음 조각을 배우겠다며 무작정 제주도로 떠난 것이다. 얼음 조각이라니 너무나 참신한 가출 사유가 아닌가? 하지만 열일곱 이 씨의 도전은 만만치 않은 현실을 깨닫고 집으로 돌아와 검정고시를 치르고 대학에 가는 것으로 마무리되었다. 말이 쉽지 아빠는 내가 태어나던 해에 서른두 살의 나이로 대학을 졸업했다. 중학교 졸업 이후 '만만치 않은 현실을 깨닫는' 시기가 꽤 되는 셈이다. 그럼에도 아빠는 학력고사를 무지 잘 봐서 장학금을 받고 좋은 대학에 갔다. 엄마는 이 대서 사시를 학창 시절 잠만 자는 나를 계도하기 위해 써먹었다.

"너도 아빠를 닮아서 마음만 먹으면 다 할 수 있을 거야."

그 시절에 대해 아빠에게 직접 들어본 적은 없다. 어쩌면 내가 알고 있는 줄도 모를 것이다. 아빠는 제주도에 얼마나 있었던 걸까? 얼음 조각은 얼마나 배웠을까? 공부는 언제 다시 시작했을까? 그러고 보니 나는 아빠의 어린 시절도, 학창 시절도, 젊은 시절도 모른다. 세상에서 가장 가까운 사람인데 아는 것이 없다.

우연히 엄마가 챙겨둔 대학 시절 아빠의 사진들을 본 적이 있다. MT에서 친구들과 흥이 가득 오른 이십 대의 아빠를 보는데 기분이 이상했다. 청춘은 누구에게나 공평해서 아빠에게도 있었다. 아빠의 청춘은 언제 스러졌을까. 얼음 조각을 포기했을 때? 엄마에게 프러포즈 편지를 썼을 때? 그토록 바라던 내가 태어났을 때?

여자 형제가 없었던 아빠는 딸을 간절히 원했다고 한다. 그 꿈은 어렵지 않게 이뤄졌다. 1987년 6월, 온 나라가

최루탄 연기로 매캐할 때 아빠는 인파를 뚫고 부산의 한 작은 산부인과에서 나를 맞이했다. 갓 태어난 딸이 어떻게 되기라도 할까 봐 제대로 들지도 못했다. 그날부터 아빠에게 나는 불면 날아갈까 만지면 깨질까 애지중지하는 얼음 조각 같은 딸이었다. 내가 아플까 봐 차마 때는 밀지 못하고 온탕에만 넣어두는 바람에 물에 잔뜩 불어 빨개진 아기가 되게 하기도 하고, 회사 야유회에서 멀쩡히 걸을 수 있는 나를 산 입구부터 끝까지 계속 업고 다니기도 했다. 시간이 흘러도 아빠는 한결같았다. 하지만 아빠 인생에 얼음 조각을 놓아야 할 순간은 또 찾아왔다.

내가 6학년 가을 즈음에 아빠는 회사를 그만뒀다. 실행에 옮기기까지 먼 길을 돌아왔을 뿐 줄곧 그만두고 싶어 했던 회사였다. 어른들의 사연을 잘 몰랐지만, 엄마가 세상이 무너진 것처럼 절망하길래 나도 덩달아 큰일 났구나 싶었다. 나 엄청 가난해지는 건가? 나는 여전히 웃음이 많았지만 비밀이 생겨 불안하고 때로는 외로운 아이가 되었다.

퇴사 후 주식을 하던 아빠는 별 소득이 없었는지 몇 년 뒤 결국 돈을 벌러 고향으로 내려갔다. 걸어서 10분 거리인 학교에 굳이 차로 태워다 주던 아빠였지만 이제 어쩔 수 없이 내 옆에 있어 줄 수 없었다. 철통같던 아빠의 보호막이 사라진 사이 세상에 나온 나는 얼음 조각이 아니라 튼튼한 고철 덩어리쯤으로 취급받으며 어른이 되어갔다. 그래도 어떻게 대학 가서 취업도 하고, 제법 하고 싶은 일을 많이 하고 산다. 꽤 만족스러운 삶이다. 하지만 아빠 마음은 그렇지 않은 모양이다. 요새 부쩍 나에게 미안하다는 말을 한다.

"미안하다. 중요한 시기에 아빠가
가장 구실을 못 해서 고생시켰어."

아니, 아빠는 가족을 위해 충분히 오래 참고 살았다.

젊은 날의 아빠는 분명 능력도 있고, 꿈도 있었다. 어릴 때부터 본인이 쓰던 숟가락이 아니면 밖에서 절대 밥을 먹지 않아서 어른들 학을 떼게 하던 고집쟁이 소년은 어떻게 타고난 예민함과 까탈을 버리고 묵묵히 희생만 하며 살았나.

어른이 되고 나서야 나는 그때 아빠를 응원해주지 못한 것이 미안하다. 나는 잘도 회사를 때려치우면서 아빠가 십수 년 만에 직장을 그만둔 게 무슨 큰일이라고 좀 쉬다가 하고 싶은 일을 찾아보라고 말해주지 못했을까. 나도 일하다 스트레스받으면 병나발을 불어 재끼면서 왜 아빠가 술에 취해 집에 들어오는 걸 못 견뎌 했을까. 나도 비트코인을 온종일 들여다보고 있어놓고 왜 아빠가 주식을 하면 도박이라도 한 것처럼 싫다고 울었을까.

내 나이 서른둘, 아빠보다 더 많은 실수를 하고도 다 성장통이라며 훌훌 털어놓는다. 서른둘의 아빠는 내가 태어나서 그러지 못했다. 타임머신이 있다면 스무 살의 아빠에게 날아가 말해주고 싶다. 인생이란 뜻대로 흘러가지 않지만 행복은 내가 정할 수 있다고. 행복하게 살라고. 당신이 행복하게 살라고.

"네가 공황장애라고? 아이고… 병원 잘 다녀라."

병원에 다니기로 했다는 내 전화에 아빠는 가타부타 말하지 않았다. 나와 달리 아빠는 내가 피디 시험을 준비할 때도, 스타트업에서 일하겠다고 말할 때도 한 번도 싫은 기색을 보이거나 반대한 적이 없었다. 아빠는 언제나 나를 응원한다. 그건 숱한 좌절 속에서도 오뚝이처럼 일어서는 나를 만들었다.

나의 아버지는 나를 사랑한다.

아버지와 나는 친하다.

대개 아버지들이란 회사에서 돈 버느라 힘들 것이다.

-병원에 제출한 문장완성검사지 중에서

D+133

역시 엄마와는 문제가 없다는
생각이 들었다.

나의 엄마 이야기

학교 앞에서 파는 메추리를 꼭 사고 싶었던 적이 있었다. 나는 뭘 사달라고 떼써 본 적 없는 어린이였지만 그때만큼은 침대 위에 엎어져서 엉엉 울었다. 엄마는 끝내 안된다고 했다.

"메추리는 오래 못 산단 말이야. 키우다가 정들었는데 죽으면 정말 슬플 거야."

엄마는 아주 작은 동물도 무서워하는 데다 털 날림을 극도로 싫어하는 사람이었다. 엄마가 사는 집에 반려동물이란 결코 존재할 수 없다. 그러다가도 길에 있는 개나 고양이가 굶는 건 안쓰러워했다.

"밥 주고 올게."

패딩을 꽁꽁 싸매고 비장하게 집을 나서는 엄마는 나만 보기 아까울 정도로 귀여웠다. 검은 비닐봉지에 먹을 것을 담아서 나간 엄마는 분명 멀찌감치 음식을 두고 도도도 뛰었을 것이다. 그렇게 싫어하면서도 굶는 애들 밥은 주겠다고 몇 번이고 집을 나섰다.

"지하철에서 꽃다발 들고 가던 아가씨가 꽃송이 하나를 떨어트리고 가는 거야. 바닥에 떨어져 있는 게 불쌍해서 주워왔어."

어디선가 주워 온 꽃송이 하나를 물병에 꽂으며 엄마는 말했다. 엄마는 식물을 키우는 것도 좋아한다. 엄마에게는 다 죽어 가는 식물을 살려내는 특이한 재능이 있었다.

'감성적이고, 예민하고, 마음이 약한'

내가 생각하는 엄마는 이랬다. 엄마는 작은 일에도 쉽게 잘 무너지고 충격을 받는다.

"나도 강한 사람이면 좋겠는데 약하단 말이야. 이렇게 타고나서 어쩔 수 없어."

엄마는 자주 그렇게 말했다. 성인이 되어 웬만한 고생에는 뚱해진 나는 오십에도 소녀 같은 엄마가 신기했다. 나는 엄마랑 달라. 약하게 타고나지 않았어. 그러니 나는 진흙탕에 굴러도 연약한 엄마는 내가 보호해줘야 한다고 생각했다. 하지만 시간이 흘러 병에 걸린 건 나였다. 집안 식구 최초로 내가 수술대에 오르는 것이 결정된 날 엄마는 머쓱하게 말했다.

"아빠랑 엄마는 네 나이 때 생전 이런 적이 없었는데."

어쩌면 우리 집에서 가장 강한 사람은 엄마일지도 모르겠다. 아빠가 회사를 그만뒀을 때 어린 나를 붙들고 세상이 끝난 것처럼 절망했던 것도 엄마지만, 밤마다 동대문 시장에 나가 가방이나 옷을 떼다 팔던 것도 엄마였다. 재테

크에 관심이 많은 엄마는 매번 도라에몽 주머니처럼 어디선가 돈이 솟아 나왔다. 엄마는 지쳤다면서 지치지 않는다. 제멋대로인 것 같은데 어딜 가도 사람들에게 인기가 많다. 어디서 그런 에너지가 계속 나오는지 모르겠다.

젊은 시절에 비서였던 엄마는 자신이 모시는 대표님에게도 할 말은 하는 당돌한 캐릭터였다고 한다. 그 무용담은 시집간다는 엄마에게 동료들이 쓴 편지 속에 고스란히 남아 있다. 당당하고 예쁘게 강남 바닥을 휘저었을 엄마의 이십 대. 학교, 집, 알바로 점철된 나의 이십 대와는 다르다.

"부럽네. 나는 돈 버느라 청춘 다 가도록 놀지도 못했는데."

억울한 기분이 들어 농을 치자 엄마는 내게 불쑥 말했다.

"엄마는 엄마가 없었잖아."

외할머니는 내가 태어나기 훨씬 전에 돌아가셨다. 엄마가 막 성인이 되어 사회에 나갈 즈음이다. 6남매 중 다섯째였던 엄마는 이미 결혼한 큰오빠네 서울집에 얹혀살았다.

내 어린 기억 속의 어느 날, 딱 한 번 엄마는 그 시절을 추억했다.

"큰오빠네 부부랑 살 때 생선 살이 너무 먹고 싶은 거야. 근데 눈치가 보여서 가시 있는 부분만 먹었잖아. 나중에 독립해서 꼭 생선 살 많이 먹어야지 했다?"

그 말을 듣는 내 앞에는 이미 엄마가 발라준 생선 살로 가득했다. 나는 생선 맛없어서 싫던데 엄마는 이게 뭐가 좋다고 먹고 싶어 했어.

그래. 세상 강한 척은 다 하고 다니지만 사실 나는 어떤 힘든 일이 있어도 집에 돌아오면 엄마가 있었다. 내 인생 스물일곱 번째 어버이날, 나는 정말 가고 싶었던 방송국의 최종 면접에서 세 번째로 떨어지게 되었다. 나의 3년이 물거품 되는 것은 참을 만했다. 그깟 거 다시 처음부터 시작하면 그만이지. 하지만 나는 엄마가 충격받을 것이 걱정되었다. 내 방문을 열었다가 찔끔찔끔 울고 있던 나를 본 엄마는 큰 소리로 말했다.

"너는 오뚝이잖아. 바닥 찍고도 매번 일어나는 게 니 장점이야. 시험은 또 보면 돼. 엄마 마음은 신경 쓰지 마. 나는 아무렇지도 않으니까."

거짓말. 아무렇지 않지 않으면서.

나는 살면서 부모님 집을 떠나 본 적이 없다. 항상 엄마가 해주는 밥을 먹고 엄마가 깨워주는 아침을 맞이했다. 엄마는 이른 나이에 고향을 떠나 편들어 주는 사람 하나 없는 곳에서 살았다. 상사의 불의에는 화가 났고, 아내 편만 드는 큰오빠에겐 서러웠고, 시어머니의 심술에는 치가 떨렸지만 꽃다운 그녀는 지지 않고 잘 살았다. 엄마는 어떻게 그렇게 할 수 있었을까.

나의 어머니는 연약하지만 강하기도 하다.

어머니와 나는 서로 사랑한다.

좋은 어머니는 강인하다.

-병원에 제출한 문장완성검사지 중에서

D+157

회사 스트레스를 잊으려
가족과의 좋은 추억을 세고 있다.

나의 동생 이야기

일곱 살이 되자 나는 이번 생에는 외동으로 사는 수밖에 없음을 받아들였다. 주변 친구들은 다 동생들과 두세 살 차이였다. 이 정도면 내 인생에 동생이 생길 일은 없는 듯했다.

"엄마 임신했어."

물론 인생의 진정한 묘미는 알 수 없다는 점에 있다. 완벽하게 포기한 순간 부모님은 내게 깜짝 발표를 했다.

"여기 동생이 있는 거야. 한번 만져 봐."

얼떨떨했지만 기뻤다. 나도 드디어 동생이 생긴다니! 나는 곧 나올 동생이 에디슨처럼 똑똑해지길 바라며 틈만 나면 엄마 배에 대고 '디슨'이라 부르기 시작했다.

첫째들은 엄마가 갓 태어난 동생을 안고 있는 모습에 가장 큰 충격을 받는다고 한다. 다행히도 목격하지 않은 것인지 나에겐 그 순간의 기억이 없다. 밖에서 한참을 기다리다 '응애'라는 소리가 들리자 아빠와 마주 보며 웃었던 것이 그날의 유일한 기억이다. 얼마 뒤 처음 만난 동생은 아직 두 눈을 한 번에 뜨는 법을 모르는 듯했다. 오른쪽 눈 뜨고 왼쪽 눈도 뜨려고 용쓰다가 안 되면 응애 응애. 왼쪽 눈을 뜨고 오른쪽 눈도 뜨려고 용쓰다 안 되니까 또 응애 응애. 거 참 귀엽네.

하지만 이 귀여운 아기는 나를 별로 좋아하지 않았다. 내가 안으려고 하면 휙 돌아앉아 버린다거나, 가만히 소파에 누워 있는 나에게 뒤뚱뒤뚱 걸어와 내 얼굴을 후려쳤다. 나는 굴하지 않고 동생에게 좋다고 들이댔지만 때때로 구박 데기 신데렐라가 된 기분이라 침대에 엎어져서 통곡했다. 그럴 때면 엄마는 내 등을 쓸며 동생을 혼내준다고 마음에도 없는 소리를 했다. 내 용돈으로 사준 로봇이 몇 개인데 은혜를 모르는 동생 놈….

초등학생 시절 나는 유선방송에서 온종일 틀어주는 옛날 만화영화 중독이었다. 엄마가 외출하면 몰래 안방에 들어가 피구왕 통키를 보곤 했다. 동생은 내 일탈의 유일한 목격자였지만 아직 말 못 하는 아기라 고자질의 위험이 없었다. 덕분에 나는 마음 놓고 안방 침대에 늘어져서 《빨강 망토 차차》라든가 《사우르스 팡팡》을 볼 수 있었다. 물론 조금씩 불안해졌다. 쟤가 언제쯤 말을 할 수 있게 되어 나의 행복을 위협할지 몰랐기 때문이다. 얼마의 시간이 흘렀을까. 또래보다 말이 느렸던 동생은 내가 만화왕의 경지에 오를 때쯤에야 드디어 말을 할 줄 알게 되었다. 하지만 놀랍게도 단 한 번도 부모님에게 나에 대해 고자질하지 않았다. 내가 사주한 것도 아닌데 동생은 알아서 비밀을 지켰다. 눈치가 빠른 건가? 과묵한 아이인가? 평화를 사랑하나?

입은 무거웠으나 격렬한 누나 거부 반응으로 나를 서럽게 했던 동생은 방년 7세부터 갑자기 내 껌딱지가 되었다.

도대체 그 계기를 알 길이 없지만 나에게 몹시 충성스러워졌다. 꿈에서 누나 돈 쓰는 미래라도 다녀온 것이냐. 귀여운데 말도 잘 듣고 나만 쫓아다니는 동생이 너무 좋았던 나는 그 마음을 늘 물질적인 것으로 표현했다. 갖고 싶은 거 없어? 뭐 사줄까? 그럼 내가 이거 사줄게.

나는 종종 정이 들면 사람들을 동생 대하듯이 할 때가 있다. 먹을 것이든, 선물이든 마구 퍼준다.

"원래 돈 쓰는 거 좋아하잖아."

내가 만물의 누나인 마냥 뭐든 챙겨줘야 마음의 평화를 찾는다는 걸 잘 아는 팀원들은 농담하는 척 내 호의를 받아주곤 했다. 고마워 고마워.

"누나, 나 지금 누나 생일이라서 밖에 나왔는데 가지고 싶은 거 없어? 못 고르겠어. 근데 이거 엄마한테 말하지 마. 엄마 생일 때는 왜 안 해줬냐고 뭐라 한다."

이건 내 평생 가장 감동했던 기억.

나는 동생이야말로 빡센 이 세상에서 부모님이 내게 주신 가장 큰 선물이라고 생각한다. 해서 마음이야 무엇이든 다 해주고 싶지만 사실상 고단한 인생살이 중에 내가 대신해 줄 수 없는 것은 없다. 그저 용돈 좀 주고 배달 음식이나 같이 시켜 먹을 뿐이다. 나는 늘 빠짐없이 기도한다. 사랑하는 나의 동생이 사는데 너무 힘들지는 않게 해달라고. 점점 포기해야 할 것이 늘어나는 게 인생일지라도 가끔 맛있는 음식도 먹고 소소한 기쁨을 누리면서 건강하게 해달라고. 항상 사는데 그 정도의 여유는 달라고.

D+17P

친구의 서른두 번째 생일,
결국 퇴사를 결심하다.

"괜찮아, 울지 마."
항상 너를 생각한다

칙칙하고 무거운 초록색 교복

온통 하얀 언덕 위의 건물

담임 선생님의 차가운 눈빛

하하 호호 망아지처럼 뛰어다니던 초딩 시절을 강제 종료하고 중학생이 된 일주일 차, 나는 꼭 감옥에 온 것 같았다. 어른들 너무 하네. 아직 나는 손도 발도 작은 어린이인데 열네 살이 뭐라고 이런 데 보내기 있냐. 토요일이면 친구들과 6학년 때 담임 선생님을 찾아가 하소연했다. 중학교는 너무 딱딱하고 재미없어요. 곧 시험도 본대요. 엉엉엉.

아직 철없고 깨발랄한 나와 달리 연이는 조용하고 어른스러운 구석이 있는 아이였다. 알고 보니 같은 초등학교를 나온 데다 같은 동에 살고 있었던 그녀는 낯선 환경에 시무룩해져 있던 내게 구세주 같은 존재였다. 연이와 떠들다 보니 곧 다른 친구들에게도 마음이 열렸다. 제법 재밌는 중학교 생활의 시작이다. 철창처럼 보였던 교실 창문이 어느새 운치 있게 반짝이던, 아주 단순한 열네 살의 날들.

"괜찮아, 울지 마."

인생 처음 배를 타고 영종도로 수련회를 갈 때만 해도 나는 몹시 들떠 있었다. 하지만 그도 잠시 밤이 되자 나는 눈물을 터뜨렸다. 담력 훈련을 한답시고 교관 선생님들이 겁을 주기 시작했기 때문이다.

"이 섬은 6.25 전쟁 당시 치열한 전투가 벌어졌던 곳이다. 저 산에는 그때 희생된 유령들이 남아있지."

아니 근데 왜 저희보고 그 산을 이 야심한 시각에 오르라는 것이죠? 나는 우리 줄이 출발하는 그 순간부터 꺼이

꺼이 울었다. 연이는 가녀린 팔뚝으로 날 지켜준답시고 꼭 끌어안았다. 괜찮아, 울지 마. 내가 이렇게 하고 있을게. 산을 오르고 담임 선생님들이 숨어 계신 흉가를 지나 다시 강당으로 돌아올 때까지 연이는 내내 바깥쪽으로 걸었다. 그나마 빛이 있고 다른 학생들이 있는 안쪽에 나를 두려고. 본인은 까마득한 어둠이 있는 쪽에 섰다.

"괜찮아, 울지 마."

연이에게 백혈병이 찾아온 건 고2 겨울이었다. 그때 우리는 다른 지역의 고등학교에 다니고 있었다. 뒤늦게 소식을 듣고 세상 떠나갈 듯이 우는 나를 반 친구들이 달랬다. 요새 백혈병 걸려도 잘 낫는대. 죽는 병 아니야. 전화기 너머 우는 내게 연이도 의연하게 말했다. 울지 마. 나 괜찮아.

연이의 첫 자가조혈모세포이식은 성공적이었다. 아니 그런 줄 알았다. 그러나 얼마 지나지 않아 재발했다. 이번에는 미국에 있는 기증자에게서 골수 이식을 받았다. 이제 정말 괜찮기를 모두 간절히 바랐다. 다행히 많이 나아진 연이는 바이올린도 배우고 그림도 그린다고 했다. 나는 대학만 가면 연이를 데리고 예쁜 카페에 갈 생각에 신났다. 지금은 수능에 치여서 학교만 달라져도 만나기 힘든 십 대들이지만 성인이 되면 자유로워질 거야. 그러나 내가 캠퍼스에 발을 딛고 스무 살의 지독함을 맞닥뜨리느라 바쁠 때, 연이의 백혈병이 또다시 고개를 들었다.

"괜찮아, 울지 마."

두 번의 재발. 연이의 몸은 더이상 항암 치료를 견딜 수 없었다. 누구보다 그 사실을 잘 알고 있었던 연이는 의사 선생님에게 치료를 포기하겠다고 선언했다고 한다. 아직 스무 살. 공부밖에 해본 것이 없는 나이. 연이가 어떤 마음으로 그 결정을 내렸는지 생각하면 속이 뒤틀리는 것 같다. 너는 이렇게 아픈데 나는 무엇을 해야 네 마음에 조금이라도 도움이 될지 가늠이 안 돼. 해서 이번에도 우는 나를 달래주는 것은 연이었다. 진작에 가발을 살 걸 그랬나보다고 웃으며 셀카를 찍어 올린 연이를 보고 나는 멍청하게도 이대로 나을 수도 있겠다는 생각이 들었다. 안 그럼 너무 슬프니까. 나 좋자고 휘두른 믿음이었겠지.

나의 회피에도 내 친구의 생은 끝을 향해 가고 있었다. 성년의 날을 며칠 앞두고 학교에서 뮤지컬 연습에 한창이던 나는 연이가 위독해졌다는 연락을 받았다. 더 늦어서는 정말 끝이라는 생각에 나는 만사 다 제치고 차마 가지 못했던 병원으로 달렸다. 하지만 병실 문을 연 나는 이미 늦어도 한참 늦었다는 것을 깨달았다. 손을 참 잡고 싶었는데 바스러질 것만 같아서 근처에 갈 수도 없었다. 예전처럼 너의 덤덤한 목소리가 '괜찮아, 울지 마'라고 나를 위로할 것 같은데. 내가 너무 늦게 왔지 미안해. 병마는 대체 무엇이길래 이 예쁜 소녀의 생기를 쉴 새 없이 빨아들이고 있는 걸까. 원망스러웠다. 내 친구를 돌려줘. 열네 살의 우리는 이런 날을 상상하지 못했다. 별것도 아닌 것들을 고민하고 별것도 아닌 것에 웃고 울며 우리에게 더 많은 시간이 남아 있을 줄 알았다. 서로 결혼하고 아이를 낳고 호호 할머니가 되는 게 당연하다고 생각했는데. 멀디먼 줄 알았던 죽음이 착한 내 친구에게는 너무 빨리 와버렸다. 연이는 그렇게 2년 반의 투병 생활을 마치고 우리 곁을 떠났다.

겁보였던 나는 그때부터 위기의 순간이 올 때마다 항상 연이를 생각했다. 내가 아무리 힘들어도 그때의 연이보다 힘들진 않을 거라고. 이딴거 아무것도 아니라고. 정말 그랬다. 연이를 생각하면 엄살 부릴 수 있는 게 하나도 없었다. 괜찮아, 울어선 안 돼.

연이와 나는 생일이 열흘 차이밖에 나지 않는다. 그래서 잊을래야 잊을 수가 없다. 혹자는 고인의 생일은 챙기는 것이 아니라지만 나는 매년 연이의 생일을 마음속으로 세었다. 그런데 올해는 회사 문제로 계속 힘든 바람에 자정이 다 되어 가서야 알게 되었다. 침대 위에 누워 있는데 계속 눈물이 흘렀다. 연이가 떠난 지 11년이 지났는데도 나는 여전히 사회과학관 계단에 혼자 주저앉아 울던 스물한 살에서 벗어나지 못했다.

너에게 해주고 싶은 말이 너무 많다. 세상에는 스마트폰이란 게 생겨서 완전 신세계야. 나는 학비 번다고 아르바이트 여러 개 하느라 고생했어. 피디 시험 준비할 때는 자꾸 떨어지니까 속상해서 많이 울었어. 근데 직장인 되니까 어쩜 고난이 더 많더라. 오늘도 그래. 너를 생각하면서 참았는데. 괜찮은데 괜찮지 않았나봐. 이제 서른둘이나 되었더니 기억 속의 네가 나보다 너무 어려서 기분이 이상하다. 수련회에서 담력 체험하는 내내 울고불고하는 나를 어른스럽게 안고 있었던 것도 너고, 라면 끓이는 법을 알려주겠다며 벽에 멋지게 면발을 던지던 것도 너고, 네가 치료를 포기한다는 소식에 전화기를 붙들고 엉엉 우는 나를 차분하게 달래준 것도 너인데 나이는 철딱서니 없던 나만 먹었다. 작은 것에 집착하고 싶어질 때 다시 보려고 이 글을 남긴다. 사랑해. 친구야.

이날 밤, 나는 연이에게 편지를 쓰며 계속 울었다. 연이 때문인지, 회사 일 때문인지는 몰라도 눈물이 쉬지 않고 흘렀다. 힘들어서 안되겠다. 퇴사해야겠어. 나는 연이에게 말했다. 어쩌면 공황발작이 일어나던 그날부터 병원의 말대로 쉬어야 했는지 모른다. 반년을 버티던 나는 결국 이틀 뒤 회사를 그만두었다.

D+185

7개월간의 짧은 회사 생활을
마치고 백수가 되었다.

두근 두근 내 심장 소리

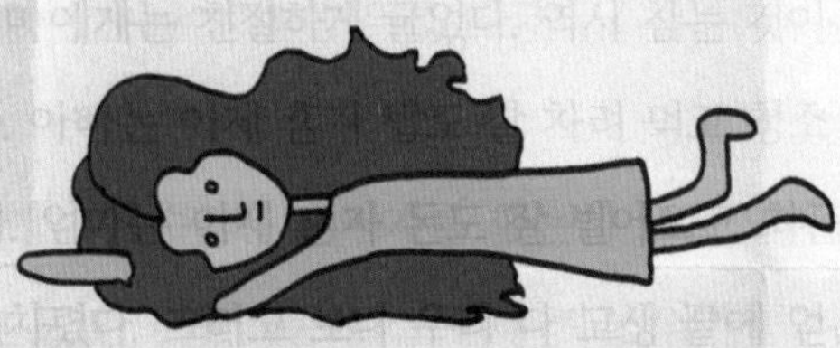

너 흉통 없니?

나는 줄곧 남들보다 심장 박동수가 빨랐다. 처음 인지한 것은 중1 체육 시간. 맥박을 재라는 선생님의 말씀에 손목에 손을 대고 있는데 친구들에 비해 심박수가 높았다. 넌 운동선수는 못 하겠다. 내 옆을 지나던 체육 선생님이 가볍게 말했다. 나는 종종 흉통도 있었다. 어떨 때는 5분만 뛰어도 흉통이 왔고 어떨 때는 아무리 뛰어도 흉통이 없었다. 역시 운동선수는 못 하나. 내 푸른 꿈 경찰대도 안녕.

고등학교 3학년이 되자 엄마는 내 손을 끌고 엄마 친구가 개원했다는 한의원에 데려갔다. 총명탕이라도 먹이면 성적이 오르지 않을까 하는 기대에서였다.

"긴장했나 보네. 다시 한 번 재보자. 심호흡하고."

맥 한 번 짚으면 모든 것을 꿰뚫을 것이라는 내 상상과 달리 엄마 친구네 한의원은 최신식 기계로 무장된 곳이었다. 엄마 친구는 내 심박수가 110이 넘게 나오자 고개를 갸우뚱했다. 몇 번을 재도 결과는 같았다. 평소에도 이 정도로 뛴다는 내 말에 엄마 친구는 놀란 얼굴이었다.

"얘는 가만히 앉아만 있어도 지치는 애야. 지금 총명탕이 중요한 게 아니야."

아서라. 엄마는 다급하게 손사래 쳤다. 네가 그렇게 말해주면 우리 딸은 그 핑계로 공부 안 하니까. 나는 이미 신나서 이제 잠 많다고 뭐라 하지 말라며 흥얼거리고 있었다.

대학교 1학년, 교양 무용 시간에 내가 제출한 심박수를 보고 교수님이 나를 따로 불렀다.

"너 흉통 없니?"

사실은 가끔 흉통이 심해 손으로 누르느라 가슴에 멍이 들기도 했다. 이쯤 되면 걱정될 법도 한데 오히려 너무 일상적이라 나는 깊이 생각하지 않았다. 그저 '키가 작다', '이가 하얗다' 같은 신체적 특징쯤으로 여겼다. 다행히 이십 대 초반이 지나자 별 탈 없이 내 심박수는 90 정도로 내려갔다. 간헐적이던 흉통도 자연스레 사라졌다.

그래서였다. 직장 생활을 하면서 심장이 과하게 두근거릴 때 나는 외면하기 바빴다. 타고난 심박수가 빠른 편이라 스트레스를 조금만 받아도 감당 안 되는 건 줄로만 알았다. 게다가 실시간으로 수치를 확인하는 직업 특성상 나는 압박감과 떨어질 수 없었다. 이 정도로 두근거리는 것쯤은 당연하지 않나? 그러다 심장이 튀어나올 기세로 뛸 때면 엎드려서 잠을 잤다. 몸의 무게로 가슴을 누르면 좀 괜찮아지는 기분이 들기 때문이다. 그래도 사회생활을 하는 데는 지장이 없었다.

제주도의 밤, 그날 전까지는 그랬다. 고통스러웠던 적은 그전에도 있었지만 내가 나를 제어할 수 없을 것 같은 느낌은 그때가 처음이었다. 오한으로 몸은 덜덜 떨리는데 숨은

목까지 차올라서 산소가 부족한 이상한 느낌. 바닥이 온돌방처럼 지글지글 끓는데도 나는 뼈가 시렸다. 바다 아래로 끝도 없이 가라앉는다면 이렇게 아플까. 구역질이 나왔지만 다 헛것이었다. 뭐가 됐든 빨리 물 위로 건져지기를. 어차피 이대로 죽진 않을 것 같으니까 고통이 잦아들기를 바라며 날을 하얗게 새웠다.

병원에서 받은 약이 효과가 있었는지 나는 복용 며칠만에 바로 증세가 사라졌다. 실수로 약을 먹지 않은 날에는 어김없이 심장이 튀어나올 듯이 뛰었지만 약을 먹으면 금세 나아졌다. 약을 먹은 지 3개월이 지나자 더 이상 약을 먹지 않아도 심장 두근거림이 사라졌다. 스트레스가 쌓일 상황에서도 요동치지 않고 잠잠했다. 기쁜 와중에 두려움도 있었다. 이러다 곧 심장 두근거림이 시작되면? 약을 또 먹어야 하나?

때마침 여름이었다. 나는 여름을 좋아한다. 학원 수강권을 보면 매년 여름에 몰려 있다. 없던 의욕도 살아나는 나의 계절. 혹시 여름이라서 좋아진 건 아닐까. 겨울이 되면 또다시 우울해지진 않을까. 나는 정말 괜찮아진 걸까.

나는 행복하면서도 불안했다.

나는 결국 석 달 만에 다시 상담 선생님을 찾아가기로 했다. 회사도 그만뒀으니 남는 것이 시간이었다.

"음… 오늘 딱히 무슨 이야기를 해야 할지 모르겠는데. 제가 요즘 너무 문제가 없거든요. 근데 이게 여름이라서 그런 걸까요? 아니면 진짜 괜찮아진 걸까요? 겨울이 되면 다시 마음이 허하고 우울해지면 어떡하죠?"

D+196

네 번째 심리 상담, 퇴사 후 첫 상담

인생은 예쁜 자두만 있는 것이 아니다

엄마는 유독 이번 회사를 좋아하지 않았다.

"네가 힘든 적은 많았지만 한 번도 병원에 간 적은 없잖아. 일 년 채울 생각 하지 말고 그냥 지금 그만두면 안 되니?"

입사 한 달도 안 되어 공황발작을 겪었기 때문이다. 아니, 솔직히 그 전부터 못 가게 말리고 싶었다고 엄마는 틈만 나면 말했다.

"방송 보는데 마지막에 거기가 후원했다고 로고 나오더라. 보면 볼수록 로고를 잘 만들었어. 내가 다 반갑더라고."

반면에 퇴사한 지 2년이 다 되어 가는 첫 스타트업은 참 좋아한다. 대표님 얼굴 한 번 본 적 없으면서 우리 딸의 진심을 아는 사람인 것 같다며 애틋해 했다.

내가 아무리 부정해도, 나를 잘 아는 사람들은 조금씩 눈치챈 걸지 모르겠다.

"재미있게 열정을 가지고 일하는 것은 알겠는데, 애나님이랑 안 맞는 회사 같아."

안 맞는 퍼즐을 오기로 맞추고 싶어 했던 것은 나뿐이었다.

7월 13일, 실로 오랜만에 나는 네 번째 상담을 받으러 선생님을 찾았다. 그간 일에 치여 상담을 받으러 가지 못했다. 이미 약을 끊은 지도 석 달째였다. 그리고 일주일 전에 앓던 이 같았던 회사를 그만두었다. 엄마가 정말 기뻐했다.

"애나 정신병원 다니잖아요. 그 얘기 듣고 제가 얼마나 부담스러웠는지 알아요?"

숱한 노력에도 나를 믿어주지 않던 팀장의 마지막 말에 나는 속이 시원했다. 덕분에 영원히 상처받지 않을 수 있을 것 같았다.

"그랬는데 바로 그날부터 3일간 연달아 회사 꿈만 꾼 거예요. 팀장이 미안하다고 다시 돌아오면 안 되냐고 부탁하더라고요. 뭔가 분했어요."

이미 버린 패를 나의 무의식이 들춰보는 것 같아서요. 미련스럽게도.

"애나 마음속에는 두 명의 애나가 있어요. 성실하고 긍정적이고 뭐든지 잘 이겨내고 극복하는 애나, 다친 마음을 위로하고 돌아보고 신경 쓰는 애나. 그런데 애나는 평생 씩씩한 애나랑만 친하게 지내서 위로하는 애나에 대해 잘 모르는 것 같아요. 그래서 위로하는 애나가 심장 두근거림이나 꿈 같은 언어로 나에게 말을 걸어올 때 해석을 못 하는 걸 수도 있어요. 애나는 지난 3일간의 꿈이 뭘 말하고 싶었던 것 같아요?"

생각하고 싶지 않았다. 짐을 싸 들고 사무실 문을 나서는 순간 다 삭제하기로 했으니까.

"애나의 꿈은 단순히 그 회사에 돌아가서 다시 인정받고 싶다는 뜻은 아닐 거예요. 현실에서는 아무리 노력해도 애나를 결국 믿어주지 않았지만, 그래도 애나는 소중한 존재라는 말이었을 거예요. '속상해하지 마. 누군가에게 인정받지 않아도 너는 정말 소중해. 내가 대신 말해줄게.' 꿈이 이렇게 대신 말해준 거예요."

상담 선생님을 만나기 전까지 나는 불편한 일을 겪고도 이상하리만치 상쾌한 내 정신 상태가 의문이었다. 정말 괜찮은 거 맞아? 나는 팀장을 이해하기로 하고 기억을 도려냈다. 어쩌면 이번에도 뇌와 마음이 따로 노는 것인지도 모른다. 뇌가 하는 말을 그대로 믿어도 될지 확신이 들지 않는다. 만약에 나도 모르게 뇌가 무리하고 있는 거라면? 모처럼 심장 두근거림이 사라졌는데 언젠가 또다시 마음에서 거부 반응이 올 것 아닌가. 그건 피하고 싶다.

"심장 두근거림은 스트레스를 받거나 안 좋은 일이 생

졌을 때, 그런데 그걸 스스로 감당하고 조절하지 못할 것 같다는 생각이 들 때 올 수 있어요. 하지만 지금은 심장 두근거림이 없다고 했죠? 아마 애나의 스트레스 소화력이 점점 좋아지고 있는 것 같아요."

생각해보니 그랬다. 나는 항상 괜찮다고 말하면서
심장이 튀어나올 듯이 뛰었는데 지금은 차분하다.

"그런데 애나, 벌어진 일은 삭제시키는 것이 아니라 소화되는 거예요. 다 소화시킨다고 해서 그게 내 안에서 다 사라진다는 의미는 아니에요. 인생은 예쁘고 좋은 일만 있지는 않아요. 바구니에 예쁜 자두만 가득 담고 싶지만 그럴 수 없어요. 멍든 자두도 있고 못생긴 자두도 있는 게 인생이거든요. 모든 것이 다 내 이야기에요. 내 마음속의 부정적인 감정, 생각들을 지우려고 할 필요 없어요. 팀장을 이해하는 것도 나고, 그럼에도 팀장에게 화가 나는 것도 나니까. 좋게만 생각하려고 하지 말아요."

팀장은 나를 끊임없이 의심했다. 팀에서 업무 성과는 가장 좋지만, 회사의 비전에 전심으로 따르지 않는다는 것이 그 이유였다. 하지만 숫자로 보이는 성과는 객관적이고, 비전과 믿음은 주관적이다. 나는 지난 몇 달간 팀장의 신뢰를 얻으려고 무던히도 애를 썼다. 나는 정말 믿고 따르려 하고 있는데 도대체 왜 내 진심을 몰라주는지 답답했다. 박차고 나오고 싶었지만 이대로 끝을 내면 트라우마로 남을까 봐 포기하고 싶지 않았다. 나는 팀장이 생각하는 그런 사람이 아니야. 그러나 어떤 노력으로도 나를 경계하고 의심하는 팀장의 마음을 바꿀 수 없다는 것을 깨달았을 때 나는 내 마음을 바꿨다. 더 깊은 후유증을 남기러 스스로 들어가지는 말자.

"내 마음이 정말 괜찮은지 살펴보려는 건 건강한 생각이에요. 애나는 계속 마음을 이해하려고 노력 중이니까 따뜻한 겨울을 맞이할 수 있을 거예요."

사실 회사를 나오면서 내 진짜 고민은 하나였다. 알 수 없는 이유로 미움받던 경험이, 그래서 아무리 노력해도 가까워지지 않던 관계가 팀장이 처음이 아니라는 것. 고등학교 때 한 번 더 그런 경험이 있었다.

"선생님, 제가 이번 일은 빠르게 소화하고 넘겼지만요. 만약에 살다가 또다시 비슷한 일이 생긴다면 어쩌죠? 그럼 세 번째잖아요. 세 번이나 되면 문제 아닐까요? 그때는 진짜 제 탓을 하게 될까 봐 두려워요."

D+197

숨겨왔던 아주 오래된 기억이 떠올랐다.

나는 당신을 잊었다

하는 짓이 초등학생 같다며 나에게 '초딩'이라는 별명을 지어준 름이는 고2 첫 짝꿍이었다. 성이 같아 번호가 늘 앞뒤로 붙어 있었던 우리는 3학년이 되어서도 첫 짝꿍이 되었다. 새 마음 새 뜻으로 무장된 고3의 3월, 제아무리 공부 안 하는 나라도 그때만큼은 꽤나 모범생 흉내를 내고 있었다. 줄곧 공부를 잘했던 똑순이 름이도 작년과 달리 열심히 공부하는 나를 기특하게 바라보았다.

"앞으로 사물함에 갈 일 있으면 나한테 시켜. 내가 대신 가져다줄게. 알았지?"

기특한 것과 별개로 름이는 남에게 뭘 시켰으면 시켰지 대신해줄 타입이 아니다. 하지만 름이가 내게 이런 말까지 하게 된 이유가 있었다.

담임은 처음부터 나를 좋아하지 않았다. 종일 앉아서 공부하다가 사물함에 책을 꺼내러 갈라치면 어느새 나타나 왜 서 있느냐고 야단쳤다. 몇 번은 운 없게도 하필 눈에 띈 것뿐이라고 생각했다. 하지만 나는 곧 담임이 유독 나에게만 그런다는 사실을 깨닫고 슬퍼졌다. 시무룩한 내게 어느 날 름이가 말했다.

"초딩, 나는 네가 좋아서 너를 슬프게 하는 사람은 싫어. 그래서 나는 담임이 싫어."

사실 름이 입장에서 담임은 싫어할 이유가 없는 선생님이었다. 담임은 름이에게 잘했다. 곱게 기른 머리를 냅다 가위로 잘라버린 고2 때 담임에 비하면 그랬다. 그런데도 나 때문에 담임을 싫어하겠다니. 름이는 기억하고 있을까. 내가 몇 날 며칠을 너의 그 말만 꼭 붙들고 걸었는지 알까.

그날은 교실 바닥에 초콜릿이 잔뜩 눌어붙어 있었다. 하필 형형색색 장식까지 되어 있어서 더 눈에 튀었다. 암담해진 나는 다른 곳부터 청소하고 있었는데 담임이 대뜸 왜 이건 치우지 않냐며 화를 내기 시작했다. 어… 이게 그러니까… 담임은 당황해서 어버버하고 있는 나를 보자 더 분노가 치미는 듯했다. 다른 아이들을 다 집에 보내버린 담임은 본격적으로 내게 소리를 질렀다.

나는 윙윙대는 세계에 갇힌 것 같았다. 이곳은 교실이 아니야. 제발 꿈이어라. 내가 지금 왜 여기 있는지, 앞에 있는 담임이 왜 저렇게 화가 났는지 이해해보려고 했지만, 도무지 알 수 없었다. 그 와중에도 또렷하게 가슴에 박히는 말이 있었다.

"너 같은 애들이 맨날 앞에서는 웃고
뒤로는 딴생각하지?"

나는 담임을 좋아했다. 나뿐만이 아니라 우리 반 아이들 모두 좋아했다. 다소 감정적으로 우리를 대하던 고2 때 담임보다 훨씬 어른스럽고 멋있었기 때문이다. 작지만 늘

꼿꼿하던 담임은 항상 공명정대하고 정의로운 이미지였다. 큰 소리를 내지 않고도 좌중을 휘어잡는 카리스마가 있었다. 하지만 지금 내 앞의 그녀는 자제력을 잃은 채로 쉬지 않고 소리를 지르고 있다. 화를 주체하지 못하는 모습이었다. 무엇이 침착하고 훌륭한 어른을 이렇게 만들었을까. 나는 혼란스러워졌다. 빗자루질하다가 갑자기 시작된 이 전개에 나는 도통 담임의 감정선을 따라갈 수가 없었다.

"나 너 때릴 수도 있어. 못 때려서 안 때리는 줄 알아? 나는 한 번 때리면 그냥 안 때려."

담임은 전교에서 가장 무서운 선생님으로 소문나 있었지만 한 번도 학생들에게 손찌검한 적은 없었다. 굳이 그럴 필요 없이 모두가 담임을 무서워했기 때문이다. 그건 나도 마찬가지였다. 나는 담임의 구박 속에서도 언젠가는 담임이 나를 예뻐해 주기를 기다렸다. 담임이 미웠다면 애초에 그녀 앞에서 기죽지도 않았을 것이다. 그런데 왜 나에게 이렇게까지 말하는 걸까. 3월이었다. 담임은 나를 본 지 한 달도 채 되지 않았다. 혹시 내 말투가 싫은가? 목소리가 마음에 안 드나? 담임이 정말 싫어하는 사람과 내가 닮은 게 아닐까? 교실이 떠나가라 울려 퍼지는 소리에 멍하면서도 나는 열심히 이유를 찾아보았다. 이유를 찾아서 나의 정신이라도 얼른 이 상황을 벗어나게 하고 싶었다.

세 시간쯤 지나자 집에 오지 않는 나를 걱정한 엄마가 학교에 전화를 걸었다. 교무실에서 엄마의 전화를 받은 다른 반 선생님이 교실에 왔다가 심상치 않은 분위기를 눈치 채셨는지 별말씀 없이 가셨다. 마침 두고 간 물건을 가지러 온 같은 반 아이도 내 모습을 봤다. 그 애도 선생님처럼 아무렇지 않은 척 나갔지만 나는 너무 수치스러웠다.

그래서 드디어 나의 육신이 담임에게서 풀려났을 때, 나는 집으로 돌아가는 대신 아파트 꼭대기 층에 올라간 것이다. 내가 오늘 여기서 뛰어내리면 담임이 미안하게 생각하지 않을까 허튼 기대를 하면서 아래를 바라봤다.

나는 어릴 때부터 살고자 하는 의지가 유난해서 오히려 걱정이 많은 아이였다. 죽는 게 싫어서 건강도 걱정, 사고도 걱정, 자연재해도 걱정하는 유별난 아이. 그런데 그날 나는 처음으로 '죽어 볼까?'하는 마음이 들었다. 진짜 죽고 싶었던 것은 아니다. 나는 여전히 살고 싶었다. 단지 너무 화가 나고 속상해서 내가 뛰어 내려버리는 상상을 멈출 수 없었다. 한참을 저 밑 아파트 화단만 노려보는데 어디서 소식을 들었는지 반 친구에게서 문자가 왔다.

"너 아직도 학교에 있다며? 지금은 집이야? 담임이랑 무슨 일 있어?"

그제야 난간에서 휴대폰으로 눈을 돌린 나는 울컥한 마음을 들키지 않으려 애쓰며 자판을 꾹꾹 눌렀다. 그렇게 엘리베이터를 타고 내려와 집에 들어갔다.

"저녁 뭐 먹을래?"

다행히 아까 다른 반 선생님이 잘 둘러대 주셨는지 엄마는 상담으로만 알고 있었다. 내가 그날 얼마나 울었는지는 엄마도 친구들도 모른다.

"3월에 그런 일이 있었는데 일 년 동안 어떻게 버텼어?"

"그냥? 기억이 잘 안 나."

까맣게 잊고 살았던 그때의 기억이 떠오른 것은 은지를 만나서였다. 고3 담임은 꽤 좋지 않았냐는 은지의 말에 자고 있던 열아홉 살의 기억이 튀어 나왔다.

'초딩 나는 니가 좋아. 그러니까 힘내. 용쟁호투!'

모의고사를 볼 때마다 옆자리라 친해진 은지는 종종 나 몰래 힘내라고 쪽지를 남기곤 했다. 우리는 지난하고 답답한 수험생활을 서로 위로하며 지나온 그런 사이. 그러나 나는 은지에게조차 그날의 일을 말하지 않았다.

아마 하지 않으려고 했던 것이 아니라 말할 힘이 없었기 때문일 것이다. 그날 이후 나는 몹시 앓아서 한 달도 되지 않아 8킬로가 빠졌다. 담임과 있던 나를 목격했던 옆반 선생님은 살이 쑥쑥 빠지는 내가 걱정되었는지 틈만 나면 괜찮냐고 물었다. 안경 사이로 보이는 선생님의 짙은 눈. 온기가 묻은 목소리. 나는 그것만으로도 학교에 올 힘이 생겼다.

나는 학교가 좋았다. 우리 반이 좋았고, 나의 십 대도 좋았다. 그곳에 내가 담임에게 내어준 자리는 없었다.

D+203

다섯 번째 심리 상담

자기 연민이 싫어요

자기연민이
싫어요

"나는 애나가 부모님이나 가족 안에서 아픔이 있을 것 정도만 생각했는데, 어린 나이에 그런 일이 있었던 줄 몰랐네요."

내 이야기를 들은 상담 선생님은 조금 충격받은 얼굴이었다.

"생각해봐요. 이제 막 열아홉 살이 된 여고생이에요. 길에 지나가는 그 나이대 학생들을 보세요. 너무 어린아이들이에요. 웃고 떠들고 떡볶이 먹으러 다녀도 예쁘기만 한 어린 애들이란 말이에요. 이런 어린아이가 그런 큰일을 겪은 거예요. 그 나이에 겪지 않아도 될 아픔이에요."

나는 약간 민망해졌다. 사실 근 십 년은 담임에 대해 생각해본 적 없다. 큰일이었으면 이토록 오래 잊고 살리 없지 않나.

"작은 일이라서 잊고 살았던 것이 아니라, 어린 애나에게는 너무 충격적이고 무거운 일이라 저 밑에 묻어뒀던 걸 거예요. 시간이 많이 흘러서 이제야 조금 이야기할 여유가 생긴 건지도 몰라요."

그러기엔 나에게 남은 감정이 너무 없었다. 아무런 생각도, 기분도 들지 않았다.

"지금 앞에 열아홉 살의 애나가 있으면 뭐라고 말해줄 것 같아요?"

"별로 할 말 없는 것 같아요."

"그럼 다른 사람이 그때 애나가 담임한테 겪은 일이랑

똑같은 걸 겪었다고 상상해봐요. 그 사람이 애나한테 와서 다 털어놓는 거예요. 그럼 그 얘기를 들은 애나는 상대방한테 뭐라고 이야기해줄 것 같아요?"

"음… 담임 진짜 나빴다?"

"애나, 그럴 땐 위로를 해주는 거예요. 고생했구나. 그런 일이 있었는데도 너는 씩씩하게 잘 이겨냈구나. 참 대견하다. 이렇게요. 한 번 스스로 소리 내서 말해볼래요?"

"……대.단.하.다."

"대단하다 말고 대견하다고 말해 볼래요?"

이상하다. 한 글자 차이인데. 대단하다는 국어책 읽기라도 했건만 대견하다는 말은 입 밖으로 내뱉기 불편했다.

"선생님, 저는 자기연민이 싫어요. 그날 일을 대견하다고 말하는 건 좀 자기연민 같아요."

"왜 자기연민이라고 생각해요?"

"그냥 그때 그렇게 힘들지 않았어요. 죽을 만큼 괴롭지는 않았거든요."

"죽을 만큼 괴롭지 않았는데 아파트 꼭대기에는 왜 올라갔어요?"

"저는 그것도 청승이 아니었나 싶은 거죠. 드라마퀸처럼 괜히 죽지도 않을 거면서. 저는 죽지 않아요. 제가 잘 알아요."

때맞춰 친구가 문자를 보내지 않았어도 나는 해가 지기 전에 집으로 돌아갔을 거다. 내가 잘 안다. 나는 너무 살고 싶어서 죽지 못한다.

"자기연민은 표현이 좀 무겁고 단단하게 느껴져요. 애나가 힘든 일이 생길 때, 그걸 자기연민이라고 표현하게 되는 이유가 있을까요?"

"중학교 때 지하철을 타고 가는데 어떤 학생 두 명이 대화를 하는 거예요.

'야, 확실히 집안 사정 비슷한 애들끼리 친구 해야 되는 것 같아. 내 주변에 집안 어려운 애들 있는데 걔네는 모이잖아? 막 울어. 계속 울어. 슬픈 얘기 하느라.'

그러면서 깔깔대는데 제 상처를 푹 쑤시는 느낌이었어요. 역시 서로 비슷하지 않은 슬픔은 공유해봤자 약점이 될 뿐이란 생각이 들더라고요. 오디션 프로그램에서도요. 출연자들이 아픈 가족사나 인생의 고난 같은 거 얘기하면 사람들이 욕하잖아요. 사연 팔이 지긋지긋하다고. 내가 얼마나 무거운 짐을 지고 있든지 간에 남이랑은 상관없기 때문에 보이면 안 되는 것 같아요. '다른 사람이 위로하거나 공감해줄 거라 기대하지 마. 스스로 연민할 시간에 일어나서 하나라도 더 해내자.' 그래서 이렇게 생각해요."

나는 위로를 잘한다. 아무에게도 위로받지 못했을 때의 외로운 마음을 잘 알기 때문이다. 구구절절한 내 말을 한동안 듣고만 있던 선생님은 말씀하셨다.

"세상에는 애나의 아픔을 들어주는 어른이 없었구나."

선생님의 덤덤한 목소리는 열쇠처럼 열아홉 살의 눈물샘을 열었다. 나는 13년 전 하지 못했던 말들이 마구 떠올랐다.

"저는 겁이 많아서요. 교복도 줄여 입은 적 없고, 지각도 안 하고, 야자도 땡땡이치지 않았고요. 양말도 꼭 신고, 마이 단추도 잘 채워 다녔거든요. 특별히 눈에 띄지도 않는 평범한 애였어요. 그런데 담임 선생님은 저한테 왜 그랬을까요?"

반항이라도 해봤으면 답답하지나 않았을 것이다. 나는 당신이 멋있었는데. 그때 나는 기댈 어른이 필요했는데.

"애나 지금 울고 있는 거 알아요? 상담 내내 고등학교 때 일은 별거 아니라 힘들지 않다고 괜찮다고 하더니 울고 있어요. 그건 괜찮은 게 아니에요. 단순히 애나가 눈물이 많아서 우는 게 아니에요. 사람이 우는 데는 다 이유가 있어요."

D+210

여섯 번째 심리 상담

내가 감당할 수 없는 두 번째 휴지

상담 선생님은 휴지를 한 장씩 뜯었다. 그리고 내 앞에 세 장을 펼쳐두었다.

"첫 번째 휴지는 이미 벌어진 상황, 사건 같은 거예요. 두 번째 휴지는 그 일에 대한 나의 마음, 기분이라고 해봅시다. 세 번째 휴지는 그다음에 하고 싶은 것, 이루고 싶은 것, 나아가고 싶은 것이고요.

제가 지금 애나랑 계속 대화를 하고 있는데 두 번째 휴지 이야기를 좀처럼 끄집어낼 수가 없네요. 애나 이야기에는 두 번째 휴지가 없어요. 제 말이 이해가 되나요?

제가 볼 때 애나는 첫 번째 휴지에서 세 번째 휴지로 갈 때, 절대 두 번째 휴지를 안 밟으려고 하는 것 같아요. 발도 안 디디려고 하는 것 같아요. 물론 이 두 번째 휴지가 때에 따라 작을 수도 있고 좁을 수도 있어요. 그럴 때는 안 밟고도 세 번째 휴지로 넘어갈 수도 있기도 해요. 근데 살다 보면 두 번째 휴지가 크고 넓을 때도 있을 거예요. 그때는 꼭 두 번째 휴지를 밟고, 풀어내고 지나가야 해요. 지금처럼 안 밟으면 세 번째로 넘어갈 수가 없어요."

참 신기하다. 상담 선생님은 매번 '기억이 안 나요. 괜찮은데. 아무렇지 않은데'라고만 말하는 나를 어떻게든 비집고 들어와 단서를 찾는다.

"제가 지난번에 자기연민이 싫다고 말씀드렸잖아요. 전 웬만한 두 번째 휴지는 다 자기연민이라고 생각하는 것 같아요. 저는 인생에서 딱 하나만 빼면 두 번째 휴지가 다 작거든요. 그래서 연연할 틈을 주지 않고 세 번째 휴지로 넘어가 버려요. 근데 한 가지 제가 진짜 견딜 수 없는 게 있어요. 가족을 잃는 거요. 만약에 그런 일이 벌어진다면 저는 두 번째 휴지가 너무 넓어져서 영원히 세 번째 휴지로 가지 못할 거예요. 항상 그게 두려워요. 그래서 다른 두 번째 휴지들은 무시하게 돼요."

겨우 한 시간 남짓한 상담 시간 동안 선생님은 실패한 날이 없다.

"사람은 자기 나이에 맞게 경험하고 생각하고 감정을 느끼며 성장해가요. 그런데 어떤 계기로 그런 흐름이 깨지는 사람들이 있어요. 만약 누군가 초등학교 때 사고로 부모님을 잃었다고 해볼게요. 너무 큰 아픔을 겪고 고등학생이 된 그 사람은 반 친구들이 하는 소소한 고민이 좀처럼 와닿지가 않아요. 또래가 할 만한 짝사랑, 성적, 다툼 이런 고민들이 너무 작아 보이는 거죠. 여기서 이 사람은 잘못한 게 없고, 이 사람의 마음을 헤아리지 못할 친구들도 잘못한 게 없어요. 아무도 잘못하지 않았어요. 그런데 이 사람은 자꾸 외로워질 거예요. 애나를 보면 제 나이 또래가 갖는 마음보다 더 많은 나이로 살아가고 있는 것 같아요. 혹시 가족이나 주변 사람을 잃을 수도 있다는 두려움을 가지게 된 계기가 있나요?"

기어이 나도 모르던 내 진짜 기억을 되살린다.

"고등학교 2학년 때 친구가 백혈병에 걸렸어요. 그 친구가 정말 고생하다가 결국 세상을 떠나는 걸 보니까 제가 힘든 건 너무 아무것도 아닌 거예요. 그러니까 불평해서도 안 되고 건강한 것만으로도 감사해야 한다는 생각이 들었어요. 안 그럼 괘씸하다고 저 위에서 신이 벌을 줄 것 같은 느낌이 들고 막…."

그리고 그 조각을 맞춘다.

"초등학교 6학년 때쯤 엄마가 그런 말을 한 적이 있어요. 엄마는 제가 일곱 살 때 동생을 낳았는데요. 그때 엄마가 너무 아프고 힘들어서 죽고 싶었대요. 그래서 저한테 마지막으로 편지도 썼는데 결국 제가 불쌍해서 이날까지 살고 있다고 하더라고요. 그 얘기를 듣고 되게 충격받고 불안해했던 기억이 나요."

어린 내 눈에 엄마는 언제 나를 떠나도 이상할 게 없을 만큼 몸도 마음도 약해 보였다. 그래서 너무 불안했다. 살고 싶지 않다는 그 말에 나는 익숙해지려 했지만 좀처럼 익숙해지지 않았다. 어떻게 해도 그건 인이 박이질 않는다.

"나는 지금 미안하다는 생각이 들었어요. 지난 상담 때 애나를 보면서 왜 이렇게 자기 자신의 아픔을 외면할까? 자기 연민으로 밀어내 버릴까? 그게 왜 그렇게 애나에게 어려운지 이해하기 어려웠거든요. 그런데 그럴 수밖에 없는 상황이었네요. 어쩌면 그 시절 애나에게는 그게 최선이었을 수 있는데, 제가 몰랐어요."

"그리고 마음이 아파요. 애나가 혼자 버텨오는 동안, 자신이 얼마나 아팠는지도 모르고 살고 있는 것 같아서 마음이 아파요."

순간 나는 선생님이 울까 봐 걱정이 되었다. 선생님은 울지 않았다. 나는 울었던가. 기억이 나지 않는다. 역시 내 기분에 관심 없는 것은 고질병이다.

"그래서 아무리 힘들어도 빨리 잊고 앞으로 나아가려고만 했나봐요. 엄마는 약했고 아빠는 멀리 떨어져 살았고 선생님은 나를 미워했고 사랑하는 친구는 세상을 떠났고. 어딘가 기대할만한 구석이 하나라도 있어야 기댈 수 있었을 텐데. 그 시절 애나는 누구에게도 기대기 어려웠을 것 같아요. 그래서 마음을 돌보는 대신 아예 잊어버리려 한 거예요. 어떻게든 잊고 앞으로 앞으로 살아 냈어야 하니까요.

애나, 기억나요? 첫 상담이 끝날 즈음에 지금 무슨 생각이 나냐고 했더니 애나는 엄마라고 말하고 눈물을 흘렸어요. 나는 그때 어느 정도 애나에게 엄마 이야기가 중요할 거라고 짐작을 했어요. 하지만 애나가 아직 이야기를 할 준비가 안 된 것 같아서 기다리고 있었어요. 이제는 조금 이야기해 봐도 될까요?"

나는 고개를 끄덕였다.

We rip out so much of ourselves to be cured of things faster,

(상처를 빨리 아물게 하려고 마음을 잔뜩 떼어내다간)

that we go bankrupt by the age of thirty

(서른쯤 되었을 땐 남는 게 없단다)

and have less to offer each time we start with someone now.

(그럼 새로운 인연에게 내어줄 게 없지.)

-영화 《콜 미 바이 유어 네임》 중에서

D+217

지난 상담이 끝나고
계속 과거 여행 중이다.

제가 무슨 말을 해도
계속 그렇게 살 거죠?

어쩌면 나는 한 번도 죽고 싶었던 적이 없었던 것이 아니라 하루하루가 죽고 싶을 만큼 힘들었던 건지도 모르겠다. 나는 살고자 필사적으로 싸우는 내가 믿음직스러웠지만, 그것이 얼마나 위태롭고 우울한 전쟁인지 알고 있었다. 아무도 강요하지 않는 이 싸움은 백기를 들면 그만이었다. 나는 가족들이 끝내 싸움을 멈추고 삶을 포기할까 봐 극도로 불안해했다.

"외할머니는 그렇게 죽겠다 죽겠다 입에 달고 살더니 진짜 젊은 나이에 연탄가스 사고로 떠났어."

언젠가 엄마가 스치듯 지나친 외할머니의 이야기는 나를 더 집착적으로 만들었다. 나는 가족들이 부정적인 말을 하면 꼭 퉤퉤퉤를 외치라고 고집을 피웠다. 퉤퉤퉤는 나의 불안을 막아주는 신성한 의식 같은 거였다. 죽음은 농담이라도 입에 올리지 마. 머릿속에 조금도 떠올리지 마. 그러다 사랑하는 친구의 생이 병마로 스러져가는 것을 보았다. 나는 더 두려워졌다. 정신 차려. 너는 힘들지 않아. 행복한 거야. 계속 행복해하고 싶어? 그럼 열심히 살아. 어서 일어나서 우리 가족을 도와줘.

나는 꽤 오래 피아노를 쳤다. 손가락이 빠르게 움직이는 쇼팽의 즉흥 환상곡을 치면 다들 우와 하고 감탄했다. 피아노를 치는 동안만큼은 내가 주인공이 되는 기분이었다. 회사에 다니지 않는 아빠, 그것 때문에 불행해 하는 엄마, 아직 학교에 적응하지 못하는 동생, 들키기 싫은 십 대의 우울은 내 방 서랍에 넣어두고 피아노 건반 위를 훨훨 날아 잘난 척을 했다. 하지만 집에 돌아오면 금세 쏟아지는 현실. 나에겐 푸른 공기가 떠도는 것 같았다. 내가 살던 집은 분명 하얀색으로 도배되어 있었는데 기억 속에서는 늘 텅 빈 파란색이다. 허한 마음은 쉽게 가시질 않았다.

해서 나는 빨리 돈을 많이 벌어서 돈으로 가족들의 행복을 샐 틈 없이 채우고 싶었다. 우리는 서로 사랑하고 성실한 사람들이라 돈만 있으면 완벽하게 행복할 수 있을 것 같았다. 우리가 없는 건 돈뿐이잖아? 그래서 돈이 많이 드는 피아노는 계속 칠 수 없었다. 나는 돈 들지 않고 꿀 수 있는 꿈을 찾기로 했다. 나에게는 하루빨리 많은 돈을 벌어 가족들을 이 고통스러운 전쟁에서 빼내야 한다는 소명의식이 있었다. 누군가 백기를 들기 전에 어서 벌어야 한다.

“애나는 돈에 대한 무게가 큰 것 같아요.”

“네, 전 돈만 있으면 절대로 일하지 않을 사람이거든요. 아무리 재밌는 일이라도 안 할 거예요. 제가 야근을 많이 하니까 사람들은 제가 워커홀릭이라고 착각하는데 저는 노는 게 더 좋아요. 현실적으로 돈을 벌어야 하니까 열심히 하는 것뿐이에요. 돈을 벌어야 가족들을 행복하게 해줄 수 있잖아요. 가족을 지킬 힘도 생기고요.”

공황발작으로 처음 병원에 갔을 때부터 의사 선생님은 회사를 쉬는 게 좋겠다고 말씀하셨다. 하지만 나는 돈 때문에 그만둘 수 없었다. 엄밀히 말하자면 내가 몇 달 쉰다고 우리 집이 어떻게 되는 것은 아니다. 이제는 나름 안정적으로 각자 먹고 살 만큼 경제 활동을 하고 있다. 갚아야 할 빚도 없다. 그럼에도 나는 돈 생각이 머릿속을 떠나지 않는다. 매일같이 떼돈을 벌어 가족을 호강시켜주는 상상을 한다.

"제가 무슨 말을 해도 계속 그렇게 살 거죠?"

내 이야기를 한참 듣던 상담 선생님은 뼈 있는 한마디를 던졌다.

D+225

일곱 번째 심리 상담

반 전

지난 32년,
내 이야기의 반전

"언젠가 애나가 가족에게 심리적으로 독립하고 싶어질 때가 올 거예요. 아니 그런 날이 오기를 바라요. 물론 지금은 어려울 수도 있어요. 그래서 당장 하라고 하진 않을게요. 그런데 애나, 이제는 가족 없이도 잘 살 수 있어요. 부모님이나 가족 없이는 살 수 없을 때가 분명히 있었겠지만, 지금 애나는 성인이니까 혼자서도 더 잘 살 수 있어요."

"부모님은 제가 어렸을 때 사랑을 아주 많이 주셨어요. 동생이 태어났을 때 이제 나는 관심 좀 덜 받아도 되겠다는 생각에 신날 정도로요. 집안 사정이 어려워지고 나서 어쩔 수 없이 저와 함께 있는 시간이 줄었는데 전 그게 자유로워서 오히려 더 좋았어요. 살면서 받을 사랑을 미리 다 받아놓은 덕분이라고 생각해요. 아빠랑 엄마가 완벽한 사람은 아니고 저랑 성격도 다르니까 서로 힘들게 할 수는 있어요. 그렇지만 저를 사랑한다는 건 확실해요. 그게 저를 이날까지 잘 살 수 있게 한 힘이고요."

"하지만 애나의 엄마는 어린 애나를 불안하게 했어요. 아빠는 떨어져 사느라 옆에 있어 주지 못했죠. 그건 애나 잘못이 아니에요."

"저는 아직도 그게 기억이 나거든요. 어렸을 때 엄마가 너무 좋아서 이런 사람이 내 엄마라니 나는 정말 운이 좋다 생각했던 거요. 그때의 행복한 기분이 생생해요. 엄마는 아닌 척 하면서 진짜 열심히 살아요. 다 큰딸 끼니 챙겨주려고 어찌나 노력하시는지. 어디 가면 제 옷이랑 화장품만 사 오고요. 아빠도 진짜 대단했어요. 집 앞에 있는 학원 다녔는데도 퇴근하면 꼭 앞에 마중 나왔고, 놀이공원도 자주 데려갔고. 최근에 제가 새벽까지 야근한다고 했더니 몇 번이나 잘 있는지 전화하더라고요. 저희 아빠랑 엄마는 두 분 다 부성애 모성애가 엄청 강해요. 부모님도 상황이 안 좋아서 그랬던 거예요. 열심히 하려고 했지만 뭐가 잘 안된 건데 그래도 자식에게 최선을 다하는 사람들이었어요."

"애나, 저한테 아무리 설명해도 달라지는 건 없어요. 물론 부모님은 애나를 많이 사랑하셨어요. 그렇지만 아픔을 준 것도 사실이에요. 내가 애나 편을 들수록 우리의 갈등이 깊어지는 거 느껴져요? 내가 애나 편을 들면 애나는 더 열심히 가족 편을 들어요."

"나는 무조건 1부터 10까지 애나의 편이에요. 그런 역할로 애나 앞에 있는 사람이니까. 애나가 매일같이 남의 편을 들고 있을 때 지금처럼 내가 옆에서 계속 애나 편을 들어주면 애나는 괜찮아질 수도 있어요. 하지만 현실적으로 그럴 수 없잖아요. 이제는 애나가 스스로 내 편을 드는 연습을 해야 해요. 안 그러면 문제가 생겨요."

선생님은 전에 없이 단호한 목소리로 말했다.

"만약 제가 애나의 말에 '그렇구나, 아버지가 애나를 많이 사랑하시는구나, 어머니도 열심히 애쓰고 계시는구나' 하고 맞장구치며 이야기를 들어주면 오늘 상담은 평화롭게 끝날 수 있을 거예요. 그런데 오늘은 그러지 않으려고요. 애나를 위해서요.

지난번에 제가 예쁜 자두에 대해 얘기 했었죠? 바구니에 예쁜 자두만 담을 수는 없어요. 인생은 그렇지 않거든요. 그런데 애나는 열심히 예쁜 자두만 담아서 이야기를 만든 거 아닐까요? 그래야 버틸 수 있으니까. 하지만 팩트를 봐야 해요. 팩트에서 멀어지면 힘들어져요. 본인이 정말 행복한지, 행복하다고 믿고 싶은 것인지 한번 잘 들여다보세요."

"팩트를 보면 달라지나요?"

"달라져요. 팩트에서 멀어질수록 마음만 아파질 거예요. 물론 이야기를 만들어야 본인이 살 수 있으니까 그랬던 것 알아요. 부모님이 나를 사랑한다는 확신이 지금까지 애나를 버티게 해줬다고 했잖아요. 근데 잘 한번 생각해보세요. 무엇이 팩트인지. 행복이 깨질까 봐 두려워서, 어린 애나가 만들어낸 이야기는 아닌지. 애나 마음속에는 아직도 겁먹은 어린아이가 있는 것 같아요. 어쩌면 가족들은 충분히 스스로 성장할 수 있을지도 몰라요. 아빠는 아빠대로, 엄마는 엄마대로, 동생은 동생대로. 애나가 계속 도와주면 스스로 성장할 기회가 사라질 수 있어요."

"도와주지 않으면 자살할까 봐 무서워요."

나도 모르게 튀어나온 말에 상담 선생님은 무릎을 탁 쳤다.

"그래, 이 이야기였구나. 오늘 상담이 다 끝나가는데 이제야 애나의 진짜 이야기를 듣게 되었네요. 이게 애나의 상처 아닐까요? 어린 시절에 엄마의 이야기가 남긴 큰 상처. 어린아이가 감당하기에는 너무 큰 두려움이었으니 그게 트라우마가 되고, 그렇게 늘 가족들이 죽을까 봐 전전긍긍하고 산 걸 수 있어요."

"다들 알아서 잘 살고 제 생각보다 훨씬 강한 사람들인데, 아니 저보다도 더 강한 사람들인데 괜히 제가 혼자서

머릿속으로 안달하는 것 같아요."

"결국 또 다 본인 탓인가요."

"사실이니까요."

"내일 동생이랑 아빠를 만나러 울산에 간다고 했죠? 가서 아무것도 하지 말아보세요. 그냥 관찰하세요. 아빠가 취업 얘기로 동생을 불편하게 하든 말든 개입하지 마세요. 애나는 팩트만 보고 오세요."

D+226

지난 상담의 충격을 뒤로하고
울산에 다녀왔다.

아빠가 만든 이야기

선생님은 상담 중에 내면 깊은 트라우마를 다룰수록 내 몸이 아플 수 있다고 하셨다. 해서 요 몇 주간 상담 선생님은 내가 아플까 봐 걱정하셨지만 나는 매운 떡볶이를 먹다가 된통 대가를 치른 것 빼고는 아팠던 적이 없었다. 그런데 이번 상담이 끝나고서는 아팠다. 모든 것이 다 내가 만든 이야기였다니. 내 순정 어쩔. 누가 봤을까 봐 부끄럽기도 하고 처량하기도 했다. 당장 내일 울산에 가야 하는데 이 기분으로 웃으면서 아빠를 만날 자신이 없었다. 그러게 나는 왜 원고 마감과 이직 준비로 바쁜 시기에 효녀까지 되겠다고 울산행 티켓을 끊었느냔 말이다.

왜겠어. 사랑하니까 그렇지. 나는 이번 기회에 선생님의 말씀대로 팩트를 관찰하기로 했다.

"아빠, 나 상담에서 엄마 이야기했어."

울산에 도착한 나는 슬쩍 아빠에게 말을 꺼냈다. 아빠는 딱히 대답하지 않았지만, 그때부터 계속 엄마와의 옛날 이야기를 하기 시작했다.

"너희 엄마가 요리를 잘하잖아."

"엄마가 무슨 요리를 잘해."

엄마는 보통 두 개 이상의 반찬을 만들지 않는다. 우리 가족이 다 마른 것은 엄마의 상차림 습관과 지대한 연관이 있을 것이 분명하다.

"아니야. 갈비찜을 기가 막히게 잘해."

"요새 하는 거 못 봤는데. 내가 갈비찜 싫어하거든."

"너희가 안 먹으니까 안 하는 거지. 사실 할머니가 요리를 못해. 근데 너희 엄마랑 결혼하니까 음식이 너무 맛있는 거야. 그래서 신혼 때 10킬로나 쪘다니까?"

그 말을 하는 아빠는 신혼으로 돌아가기라도 한 듯 정말 행복해 보였다.

"너희 엄마가 패션 센스가 좋잖아. 쇼핑몰 같은 거 했어도 잘했을 텐데. 재능이 있어. 엄마한테 고맙게 생각해. 덕분에 멋진 옷 입는 거니까. 지금 내가 입고 있는 것도 다 엄마가 고른 거야."

매년 아빠의 생일이면 엄마는 나와 동생에게 걷은 돈으로 아빠 옷을 잔뜩 사서 보낸다. 이혼을 한 것도 아닌데 두 분은 다시 함께 살기엔 너무 많은 시간이 지나버렸다. 하지만 서로에 대한 분노와 원망은 이미 사라지고 애틋한 마음만 남았다. 아빠는 엄마에게 미안해서, 엄마는 아빠가 안쓰러워서.

"아빠는 엄마 때문에 힘든 거 하나도 없었어. 엄마가 아빠 때문에 힘들었지."

나는 알 것 같았다. 저게 아빠의 이야기구나. 아빠가 만든 이야기.

내가 기억하는 한 아빠와 엄마는 늘 사이가 좋지 않았다. 아직 회사에 다니고 있었을 때는 아빠가 엄마에게 예민하게 굴었고, 아빠가 회사를 그만둔 뒤부터는 엄마가 노골적으로 아빠를 상대하지 않았다. 아빠가 엄마를 힘들게 한 시간도 있었지만, 엄마가 아빠를 힘들게 한 시간도 있었다. 하지만 아빠는 힘들지 않았다고 계속 계속 생각했구나. 엄마와의 좋았던 시간을 곱씹으면서 엄마는 좋은 사람이라고. 오랜 시간 혼자 떨어져 지내면서 아빠는 오로지 그 이야기만 붙들고 가족을 위해 돈을 벌었던 것이다.

"너희랑 같이 사는 거 보면 엄마가 대단하다. 엄마는 도대체 너희랑 어떻게 사냐."

아빠는 그렇게 사흘 내내 엄마 칭찬만 했다.

"아빠, 이 동네 공기가 너무 안 좋다."

"공장 근처라 그래."

"환경도 별로고 물가도 비싼데 뭐하러 굳이 여기 살아."

"아빠도 다 사정이 있으니까 그렇지."

아빠는 분명 할머니 때문에 이곳에서 살고 있는 것이다. 우리 집에는 심리적 독립을 한 사람이 한 명도 없는 것 같다는 상담 선생님의 말이 떠올랐다.

딸의 눈으로 봤을 때 아빠는 인생에서 더 나은 선택을 했을 수도 있었던 시간들이 몇 번이나 있었다. 수험생 시절, 아빠는 더 좋은 대학에 갈 수 있었지만 부모님 집과 가깝고 장학금을 주는 곳을 선택했다. 내가 여덟 살 때, 아빠는 회사를 그만두고 영어학원을 차릴 준비를 하고 있었다. 하지만 사측에서 아빠를 붙잡기 위해 부모님이 계신 울산 지사로 보내주겠다고 하자 아빠는 회사에 남기로 했다. 결국 몇 년을 더 버티던 아빠는 내가 열세 살 때 회사를 그만

됐다. 그때는 이미 연차가 애매해져 서울에서 아빠가 이직할 곳을 찾기란 어려웠다.

"오늘은 제가 좀 더 세게 말해볼게요. 애나가 이대로 가족에게 심리적인 독립을 하지 못하면요. 앞으로 좋은 아내도 될 수 없고 좋은 엄마도 될 수 없을지 몰라요. 엄마가 스스로의 행복을 알지 못하는데, 어떻게 나의 자식에게 행복을 가르쳐줄 수 있겠어요."

전날 상담 선생님의 경고는 무서웠지만 나란 인간은 이미 너무 오래 이렇게 살아서 바뀔 수 없으리라 자조했다. 하지만 놀랍게도 나는 아빠를 관찰하면서 내 마음도 조금씩 떼어지는 것을 느꼈다. 이제 그만 애써도 된다고 아빠를 안아주고 싶었기 때문이다.

D+232

여덟 번째 심리 상담

트라우마의 나라

"엄마, 할머니나 외할머니가 딱 위안부 피해 할머니분들이랑 같은 연배 아니야?"

광복절을 기념하며 영화 《아이 캔 스피크》를 보고 있던 나는 문득 궁금해졌다.

"그래서 외할머니가 위안부 안 끌려가려고 급하게 결혼했잖아. 자긴 결혼하기 싫었는데 억지로 했다고 평생을 그렇게…."

주방에서 설거지를 하던 엄마는 말끝을 흐렸다. 아아

그랬구나. 나는 아무렇지 않은 척 밥을 우물거렸지만 기분이 묘했다. 아픈 시대에 태어나 선택권이 없었던 소녀. 결혼 생활을 불행하게 생각했고, 죽고 싶다는 말을 입에 달고 살았다. 우리 엄마는 그녀가 낳은 여섯 아이 중 막내딸이었다.

언젠가 대한민국은 트라우마로 가득한 땅이라는 글을 본 적이 있다. 일제 강점기, 6.25 전쟁, 독재 정권으로 이어지는 우리 민족의 슬픈 역사는 아직 백 년도 채 지나지 않았다. 상처를 가지고 살아남은 세대들은 그것을 봉합할 틈도 없이 새 생명을 낳았고, 다양한 방식으로 생채기를 대물림했다. 우리 할아버지는 6.25 전쟁으로 형을 잃었다. 이복형제만 많은 할아버지에게 유일한 친형제였다. 나는 어릴 때부터 6월 6일이 되면 할아버지 손을 잡고 현충원에 갔다. 할아버지는 몸이 아파 더는 서울에 올라오시기 힘들 때까지 매년 형을 만나러 왔다. 한평생 형을 그리다 가신 할아버지의 트라우마는 어떤 모양으로든 아빠에게 영향을 끼쳤을 것이다.

“제가 이번에 상담받으면서 느낀 건데요. 우리나라 사

람 중에 70%는 심리 상담을 받아야 하지 않을까요?"

오래간만에 만나 내 이야기를 듣던 동료는 고개를 저으며 말했다.

"70%가 뭐야. 95%일걸요."

상담 선생님은 그래서 용기가 필요한 것이라 했다. 대를 이어 내려오는 이 트라우마의 고리를 누군가 한번은 끊어 줘야 하기 때문이다.

"애나와 지난 상담을 끝내고 나서 조금 걱정했어요. 내가 너무 몰아붙인 것은 아닐까, 무리하게 진행한 것이 아닐까. 애나한테는 쉽게 받아들이기 힘든 내용이었잖아요. 그런데 고작 일주일 만에 애나가 혼자 팩트를 관찰하고 마음으로 느끼고 생각을 바꿔온 것이 감동적이에요. 상담사로서도 이런 경우를 만나는 것은 흔치 않거든요. 대견하네요."

선생님이 아니었더라면 나는 정말 남은 생을 힘들게 잘

살았을 것이다. 무엇이 진짜인지도 분간할 수 없이 많은 이야기를 오뚝이 안에 담고서.

"지난 일주일간 애나를 둘러싼 상황들도 좋았어요. 우주의 기운이라고 할까?(웃음) 사실 그사이 애나가 아무리 심리적으로 독립하려고 노력해도, 그 노력을 방해하는 일들이 생길 수도 있잖아요. 가족들이 아프다든가, 어려운 일이 생긴다든가. 그런데 그렇지 않았죠. 정말 감사한 일이에요. 더 중요한 것은 이 또한 다 애나 덕분이라는 거예요. 자신이 도움이 필요한 것을 알고도 실행에 옮기지 못하는 사람들도 많아요. 그런데 애나는 매주 먼 곳까지 상담을 받으러 오고, 병원도 가고, 혼자 생각도 많이 했어요. 그래서 본인에게 오는 좋은 기운을 타고 건강한 방향으로 나갈 수 있는 거죠. 이 사실을 꼭 기억해야 해요."

선생님과 나는 마주보고 웃었다. 조금 감격스러워 보이는 선생님 덕분에 나도 신이 났다.

"애나가 원하면 아빠도 도와주고, 엄마도 도와주고, 동생도 도와줘도 돼요. 그 마음은 좋은 거예요.

그런데 그건 애나가 그냥 선택을 한 거예요. 애나의 잘못이거나 책임이라서 돕는 게 아니라 애나가 선택한 거라고요. 그러니까 언제든지 죄책감 없이 선택을 바꿀 수 있어요. 그걸 아는 게 중요해요."

D+238

동생과 대화하다가
뜻밖의 사실을 알게 되었다.

미안해.
너는 잘못이 없어.

앞서 말했듯이 동생과 나는 제법 친한 남매다. 스물여섯이면 이제 누나를 멀리할 때도 된 것 같은데 동생은 여전히 내 방문을 열고 시비를 건다. 이번에도 동생은 내 침대에 와서 한 자리 차지하고 누운 참이었다.

"중고등학교 때 내 스트레스의 60%는 엄마고 30%는 누나였어."

"진짜?"

우리의 대화는 주로 '무슨 피자가 맛있더라, 어디 치킨

이 맛있으니 지금 당장 시키자'였는데 그날은 달랐다. 좀처럼 진지한 대화는 하지 않으려던 동생이 먼저 속 이야기를 꺼냈다.

"누나 맨날 엄마랑 싸웠잖아. 그러고 나면 나한테 화풀이하고."

"근데 나 때문에 30%나 스트레스받아놓고 왜 맨날 나랑 놀고 싶다고 내 방에 왔어?"

"누나는 기분 좋을 때는 괜찮다가 갑자기 별거 아닌 거에 화낼 때가 있어."

"그건 인정. 학교 다닐 때는 엄마랑 공부 때문에 스트레스받았고, 회사 다닐 때는 일하다 스트레스받아서 그래."

"그래서 나는 무슨 말을 들어도 다 듣고 흘리는 게 버릇이 됐어. 아무것도 하기 싫어지고 아무 생각도 안 하게 되고. 하고 싶은 일도 없고. 그래서 지금 취직 준비도 안 하고."

아빠가 부산에서 돈을 버는 동안 동생은 기 센 엄마와 누나 속에서 사춘기를 보냈다. 덕분에 눈치 빠르고 설거지 잘하는 남자 사람으로 자라났지만, 인고의 세월이 평탄치는 않았을 것이다. 그래도 이렇게까지 스트레스받은 줄은 몰랐다. 내가 동생의 무기력에 30%나 일조했다니.

"네가 나를 너무 좋아하는 것 같길래 나는 몰랐어. 엄마한테는 아직도 불퉁명스럽게 말하는데 나한테는 계속 말 걸잖아."

"엄마는 60%고 누나는 30%니까."

"……."

"그래서 나쁘다는 게 아니라 그냥 가끔 원망한다고. 원망하는 건 원망하는 거고 엄마랑 누나가 나쁘다는 말은 아니야."

기억도 나지 않는 일들을 자세히도 줄줄 외는 동생을 보면서 나는 자꾸 변명하고 싶었다. 그때는 나도 어렸고,

너무 힘들었고, 혼자 감당이 안 되었다고.

“부모님도 사정이 있었겠죠. 그런데 애나랑 상관없어요. 거기에 애나 잘못은 없어요.”

하지만 상담 선생님의 단호한 어조가 귀에 맴돌았다.

“미안해. 너는 잘못이 없는데 내가 너한테 상처 줘서 미안해.”

다음 날 아침 동생은 가족들 모르게 혼자 고용노동부에 다녀왔다고 한다. 몇 번을 더 간 뒤에야 나에게 귀띔을 해주었다. 아무것도 하고 싶지 않다던 동생이 변한 것처럼 나도 더이상 동생에게 화를 내지 않기로 했다. 팩트를 알고 나니 변하는 것은 너무도 쉬웠다.

“동생이 아주 똑똑하고 건강해 보여요. 아마 동생은 지금의 누나라면 이런 이야기를 해도 되겠다 싶었던 거 아닐까요? 본인도 모르게 누나의 변화를 감지한 거죠. 그리고 무엇보다도 동생은 누나가 자신을 사랑하고 자신을 위해 노력하는 사람이라는 걸 알고 있어요. 만약에 누나에 대한 분노가 컸으면 아예 말조차 꺼내기 어려웠을 거예요. 오히려 어느 날 갑자기 울분을 폭발하게 되죠. 그렇게 누나 방에 찾아와서 조곤조곤 이야기한다는 건 동생도 마음의 정리를 해가고 있다는 걸 거예요. 이제 동생 걱정 안 해도 되겠어요. 스스로 잘살고 있는 것 같은데요?”

D+247

아홉 번째 심리 상담

아픔이 있으면 아픔을 느끼는 게 당연해요

나는 원래 단무지를 좋아한다. 분식집에 가면 꼭 단무지를 쌓아두고 먹었다. 그러나 중학교 가정 시간에 '단무지에는 담배에 들어가는 타르가 쓰이고 이걸 음식에 쓰게 허용하는 나라는 아마 우리나라뿐이다'라는 선생님의 말을 듣고 다시는 단무지를 먹지 않았다. 물을 너무 좋아해서 밥 먹을 때도 벌컥벌컥 마셨던 나는 '식사하는 동안 물을 마시면 위에 좋지 않다'는 삼촌의 말에 식사 전후 30분은 절대로 물을 마시지 않게 되었다. 건강을 위해서라면 오랜 습관과 취향도 단번에 바꾸는 나의 이 특성은 심리 상담을 받을 때도 그대로 적용되어 효과를 극대화 시켰다. 나는 늘 하얀 도화지가 되어 선생님이 생각해보라고 하는 것들에 대해 새롭게 생각했다. 하지만 줄곧 노력해도 답이 나오지 않는 주제가 있었다.

"지난번에 선생님이 진짜 행복한지 고민해보라고 하셨잖아요. 그 뒤로 계속 생각해봤는데 저는 제가 행복하지 않다고 생각해본 적이 없어서 구분이 잘 안 돼요. 아무리 생각해봐도 저는 그냥 행복한 거 같아요. 어떻게 해야 제가 진짜 행복한지 알 수 있을까요?"

"행복에는 생각하는 것과 느끼는 것 두 가지가 있어요. 전자는 '나는 이러이러해서 행복하다, 행복해야겠다'하고 머리로 생각하는 것이고요. 후자는 아무 생각할 필요 없이 온몸으로 충만하게 느끼는 걸 말해요. 예를 들어 꼬마 아이가 너무 좋아하는 초콜릿을 먹을 때 느끼는 그 행복감 같은 거죠. 사람의 마음은 생각과 느낌이 자연스럽게 섞여야 해요. 모든 건 하나의 문장으로만 표현되는 게 아니거든요. 나는 '이 문장으로만 생각해야 해!'라는 마음을 버려야 해요."

추운 겨울 전기장판 위에 누워서 넷플릭스를 볼 때는

행복을 느끼는 거고, 그 느낌을 붙들고 나는 행복하다고 믿는 건 생각이란 뜻이다. 아니 근데 사람이 매 순간 행복감만 느낄 수 있는 것도 아니고 오락가락할 텐데 어떻게 최종적인 행복을 판단하는 거지? 어려워하는 내게 선생님은 휴지 세 장을 꺼내들 때처럼 차근차근 설명을 시작했다.

"애나가 동생과 대화했을 때를 예로 들어 볼게요. 동생의 말을 들은 애나의 기분은 처음부터 한 문장만 있는 건 아니에요. '충격적이다'라는 느낌도 지나갔다가, '내가 그때 좋은 누나가 될 여력이 없었지'라는 느낌도 지나갔다가, '정말 미안하다'는 느낌도 지나갔다가, '그래도 날 아직도 좋아해 주는 동생이 고맙다'는 느낌도 지나갔다가, '이제 화내지 말아야지'라는 느낌도 지나가요. 이런 여러 가지 느낌들이 다 애나 거예요. 나의 느낌들을 다 모아서 충분히 생각한 뒤에 '동생과 이런 이야기를 할 수 있어서 좋았다'라는 문장을 만들게 되면 아주 자연스럽죠. 그런데 그동안 애나에게는 생각과 느낌들이 자연스럽게 오고 가지 못했어요. 머릿속에 떠오르는 부정적인 느낌들은 막아 버릴 때가 많았거든요. 그렇게 반쪽짜리 느낌들만으로 생각을 정리하면 나를 온전히 담아낼 수가 없어요."

예쁜 자두. 또 예쁜 자두의 문제다.

“저는 처음 애나를 봤을 때 인상적이었던 게 있었어요. 그날 애나가 많이 울었는데 울면서도 금세 그치고 옷매무새를 정돈하는 거예요. 눈물은 계속 나는데 우는 모습을 보여주지 않으려고 참는 거예요 자꾸. 그래서 자연스럽지가 않았어요. 사회생활을 하는 중에는 눈물을 감추고 감정을 숨기려고 노력해도 돼요. 하지만 상담하는 자리에서까지 그럴 필요 없어요. 스스로와 대화할 때도 그럴 필요 없어요. 나 자신에게는 내 느낌을 숨기면 안 돼요.”

나는 눈물이 많은 내가 부끄러웠다. 슬픈 영화는 10편을 봐도 울지 않으면서 하나도 슬프지 않은 면접장에서는 왜 우는 건지 당최 이해가 되지 않았다. 그래서 늘 빨리 그치는 데만 집중했다. 내 감정이 바둑이라면 매번 복기를 하지 않는 나는 항상 지고 말 것이다.

“슬픔? 오지마! 나한테 오지마. 나는 안 슬퍼. 행복해. 애나는 그동안 이렇게 살아온 거예요. 그런데 계속 생각이 내 느낌을 자연스럽게 받아들이지 못

하면 어떻게 되는 줄 알아요? 엉뚱한 순간에 엉뚱한 감정이 튀어나와요. 남들 다 행복할 때 갑자기 눈물이 나고요. 남들 다 슬퍼하고 있을 때 갑자기 피식하게 돼요."

체육 시간에 모래 놀이를 하고 있었는데 친구가 실수로 내가 쌓은 모래성을 무너뜨렸던 적이 있다. 와르르 무너진 모래들을 보고 나는 갑자기 울음을 터뜨렸다. 당황한 친구는 미안하다고 안절부절못했지만 나는 친구 때문에 운 것이 아니었다. 그냥 슬픈 느낌이 들어서 눈물이 났다. 놀이공원으로 소풍 가던 날에도 나는 갑자기 눈물이 날 것 같았다.

"그때 즈음부터 조금씩 이런 고민을 한 것 같아요. 내가 미친 건가? 왜 갑자기 주체할 수 없이 우울하고 슬퍼지는 거지? 나 성격이 진짜 이상한가 봐. 왜 갑자기 서운해서 눈물이 나지? 나는 왜 뭘 주지 못해 안달이지? 그러다 보니 자기연민을 더 경계하게 된 것 같아요. 나의 감정에 휘둘리지 않으려고."

"아픔이 있으면 아픔을 느끼는 게 당연해요. 그건 우울한 게 아니에요. 다만 아픔을 오래 해결하지 못하고 나중에는 내가 내 감정을 무슨 말로 해석할지 모르겠다 싶을 지경이 되면 우울증으로 가요. 그런데 학창 시절에 애나는 마음이 아팠잖아요. 미친 게 아니라 그 순간 슬픈 이유가 있었던 거예요."

"이미 초등학교 때부터 부모님이 사이가 좋지 않았거든요. 학교에서 친구들이랑 밝고 활기차게 놀면서도 늘 외로웠어요. 그때는 어리니까 다른 집 사정 같은 건 모르잖아요. 나만 이런 거 같고 나만 뭔가 숨기는 것 같아서. 나만 다르다는 생각 때문에 외롭고 슬펐어요."

"자, 한 번 가정해봅시다. 애나가 이전에도 말했듯이 애나 부모님이 애나를 너무 사랑해주던 때가 있었어요. 그때는 가족들 다 같이 놀이공원도 가고 좋은 추억을 쌓았겠죠. 근데 그게 너무 짧게 끝나 버렸어요. 부모님이 사이가 나쁘면요. 아이들은 그게 자기 때문이라고 생각해요. 내가 아빠 엄마 사이에서 좀 더 잘해야 했는데 내가 뭘 잘못해서 우리 부모님이 서로 싫어하게 되었다고 생각하는 거예요. 기억을 못할 테지만 어린 애나도 분명히 애를 많이 썼을 거예요. 부모님 사이에서 애교도 부려보고 공부도 열심히 해보고 노력했을 거예요. 근데 아이가 노력한다고 어른들의 일이 해결되나요? 한참 쌓던 모래성이 친구 때문에 무너졌을 때 애나는 그때가 연상되었을 수도 있어요. 놀이공원에서 애나는 옛날에 가족들과 좋았던 순간이 떠오른 걸 수도 있죠. 만약에 그렇다면, 그래서 눈물이 났다면 그게 미친 건가요? 미쳐서 시도때도 없이 눈물이 나는 건가요?

사람들은 드라마를 볼 때 주인공들의 마음을 잘 이해해주잖아요. 사랑하는 사람과 이별한 주인공이 집에 와서 달걀을 깨다가 노른자가 밉게 퍼지니까 갑자기 막 우는 거예요. 그걸 보고 시청자들이 쟤 드디어 미쳤다고 하나요? '안됐다. 방금 헤어지고 와서 눈물이 터졌구나. 그럴 수 있어.'하고 이해하죠. 때로는 우리도 살면서 이런 게 필요해요. 드라마 주인공을 따뜻하게 이해해주듯이 나를 이해해주는 거."

시나리오 수업 시간에 교수님께서 드라마는 곧 갈등이라고 말씀하신 적이 있다. 갈등이 없으면 욕망도 없고 재미도 없어서 아무도 보지 않을 거라고. 하지만 나는 그렇게 드라마를 좋아하면서도 갈등이 나오는 부분은 싫어서 결말을 먼저 찾아보는 타입이었다. 이런 내가 갈등으로 점철된 내 과거를 차분히 봐줄 리 없었겠지. 남은 인생이 어떻게 될지 스포일러가 간절하니 사주만 보러 다니고 말이야.

"어릴 때는 내가 왜 이런 마음인지 모르는 게 당연하거든요. 혼란스러운 애나의 마음을 돌봐줄 어른이 하나라도 있었으면 좋았을 텐데. 이렇게 서른둘의 아가씨가 되었네요."

"사실 방송국 면접을 보러 다닐 때, 자꾸 이유 없이 눈물이 나는 걸 보고 내 안에 쌓인 무언가가 있구나 싶었어요. 이걸 해결하지 않으면 안 되겠다. 그런데 그러다가 결국 취직을 하게 되고 너무 바쁘게 살다 보니까 그냥 넘어간 거예요. 그러면서도 계속 의심했어요. 왜 나는 자꾸 팀원들에게 선물을 사주려고 할까? 왜 눈물이 나지? 마음의 병이 있나? 애정 결핍인가?"

해서 초음파에서 오래된 혹이 발견되었을 때 나는 내심 이 모든 것이 혹의 문제였을지도 모른다고 생각했다. 수술을 마치고 매일 아침 재발을 막는 약을 입에 넣으면서 나는 내 바구니의 멍든 자두들을 버렸다. 전보다 훨씬 더 집중해서 예쁜 자두만 담았다. 더이상 혹도 없으니 나는 더 나은 사람이 되어야 한다고. 그게 얼마나 부자연스러운 생각이었는지 이제야 알 것 같다.

"우리가 꽤 오랫동안 상담을 진행했잖아요. 제가 애나를 처음 봤을 때보다 지금 많이 자연스러워졌어요. 앞으로는 잊지 마세요. 모든 것이 나의 이야기예요. 자연스럽게 내 감정을 느끼는 것. 부모님이 정말 잘해주셨지만 또 어떤 부분은 나에게 상처였다고 받아들이는 것. 그럼 내가 행복하다는 생각이 들 때, 내가 정말 행복한 것인지 더 이상 의심하지 않아도 될 거예요."

나는 우리의 상담이 끝을 향해 가고 있음을 느꼈다.

D+250

나의 이야기

어릴 적부터 나는 최악의 경우를 상상하는 버릇이 있었다. 기대를 하면 이루어지지 않는다고, 무언가 많이 바라면 보란 듯이 불운이 찾아온다고 믿었던 것 같다. 여기에 나의 역설이 있다. 나는 꿈을 이루길 강렬하게 바랐고, 너무도 행복하고 싶어했지만 입으로는 늘 불행의 가능성을 뱉었던 것이다.

새로 출근할 회사에서 통장 사본을 보내 달라는 요청이 들어왔다. 웬일인지 통장을 찾을 수 없어 온갖 박스를 다 뒤지던 나는 중학교 3학년 때 선생님이 보내주신 편지를 발견했다.

애나야, 꼼꼼하고 깔끔하고 언제나 자기 할 일을 철저히 하려고 노력하는 애나의 모습이 인상적이었다. 그런데 막상 잘하면서도 가끔 조급해하고 자신없어 하는 모습이 보이기도 하여 안타깝기도 했다. 생각이 깊고 신중하게 생각하는 애나라 나름대로 갈등도 있고, 때로는 그러한 고민이 성장하는 밑거름이 되기도 하리라 생각하지만 자신감을 가지고 마음 편히 긍정적으로 생각하는 습관을 갖는 것도 필요한 것 같다. 고등학교 가서는 차근차근, 여유 있게 생활하기 바라며 바라는 일들이 잘 이루어지기를 기원한다. 훗날 애나의 멋진 인생 소식을 들을 수 있길 기대한다. 졸업과 새로운 인생의 시작을 축하하며.

-2003년 2월 14일 HS 선생님

마흔을 훌쩍 넘은 선생님의 눈을 고작 열여섯이 가릴 수는 없는 법이다. 이팔청춘의 나는 무엇이 그리 조급했을까.

"선생님 말고도 친구들이 보내준 편지들이 많이 있더라고요. 그중 삼분의 이 정도는 초딩, 철 좀 들어. 장난 좀 그만 쳐. 애기 같아. 라는 내용이고 삼분의 일은 너무 걱정하지 마. 네가 울면 내 마음이 아프다 같은 말들이 있었어요. 또래다워 보이려고 숨기는 데만 신경 써서 몰랐는데 누군가는 제 불안을 조금은 눈치챘나 봐요."

상담 시간에 이 말을 하는데 예상치 못하게 눈물이 왈칵 터졌다. 서둘러 닦아 보았지만 이미 늦었다. 집에서 이 편지들을 보고서는 덤덤했는데 왜?

"한 번 애나 스스로 말해보세요. '너무 오래전 일이라 제 감정이 잘 기억나지 않지만 아마 제가 지금 이 이야기를 하면서 우는 것은 다 이유가 있을 거예요.'라고. 앞으로는 '기억나지 않아요. 잘 모르겠어요.' 라고 말하는 대신 이런 연습을 했으면 좋겠어요."

다 이유가 있다.

어린 나의 눈에는 까만 우주도, 푸른 별 지구도, 하늘이 높은 내 나라도 참 아름다웠다. 산다는 건 정말 좋은 거야. 삶이란 너무 소중해서 이별의 순간을 생각하면 눈물이 날 것 같았다. 그래서 언젠가 하늘로 돌아갈 때, 미련 없이 웃을 수 있도록 나는 잘살고 싶었다. 이 예쁜 세상을 모두 눈에 담아야지. 괜찮았어? 힘들지는 않았어? 응, 좋은 소풍이었어.

해서 10대의 나는 오뚝이 속에 내가 버린 멍든 자두들이 차고 넘쳐서 물러 터지는 줄도 모르고 뛰었다. 날랬던 오뚝이는 다시 일어나기 버거울 정도로 무거워져 갔지만 용케도 두 번째 휴지를 밟지 않고 버텼다. 그 무렵 나는 등굣길에 혼자 울다가 교실 문을 열며 환하게 웃는 아이였다. 애쓰는 소녀를 지탱해주는 말들은 주변보다는 바깥에 있었다. 나는 어느 날은 비장하게 아버지 대신 전쟁에 나가는 뮬란이 되었다가 어느 날은 인간을 용서하지 않는 원령공주가 되고 어느 날은 정호승 시인이 사랑하는 사람이 되었다. 돌아보니 많이 외로웠겠다 싶다. 아마 그래서 선생님과 친구들의 편지 이야기를 할 때 눈물이 났을 것이다. 혼자라고 생각했는데 알아주는 사람도 있었다는 사실을 십여 년이 흘러서야 알았다.

이십 대에는 아르바이트를 많이 했다. 텃세 때문에 힘들어질 때면 나는 지금 신데렐라 놀이를 하는 것이라고 상상했다. 계모의 구박에도 열심히 쓸고 닦다 보면 요정이 나타나 호박 마차를 뽑아줄 거야. 현실은 두 시간쯤 소리 높여 휴대폰을 팔아야 늙은 호박이라도 살 수 있었다. 나는 예능PD를 지망한다면서도 집에 오면 정작 예능보다는 드라마만 주구장창 보았다. 여자 주인공들은 주로 2회까지만 내 처지와 비슷했다. 나와 함께 울고 짜던 그녀들은 3회부터 멋진 왕자님을 만나거나 귀인이 나타나거나 꿈을 인정받기 시작한다. 하지만 최종 면접장 문만 열면 이유 모를 눈물이 솟아오르던 나를 구해줄 사람은 3년이 지나도록 없었다. 이십 대의 나는 16회짜리 드라마에서 계속 2회만 반복하는 인생 같았다.

그렇게 내가 가장 지쳐있던 순간, 울고 있던 나를 앞에 두고 웃으며 우리와 함께하자던 기억. 나의 사랑, 나의 첫 스타트업, 나의 소중했던 서비스. 그간 면접에서 우는 나를 보고 손을 내밀어준 방송국은 단 한 번도 없었다. 그런데 그곳은 따뜻한 얼굴로 휴지를 건넸다.

“저희가 원래 최종 발표는 나중에 따로 공지해드리는데, 대표님이 애나님 너무 울고 있으니까 지금 바로 말씀해드리라고 하네요. 같이 일하게 되어서 반갑습니다.”

그럼 세면도구도 챙겨와야 하나요? 철야가 익숙한 내가 휴지로 눈물을 찔끔 닦으며 질문하자 머리를 단정하게 질끈 묶고 있던 직원분이 웃음을 터뜨렸다. 따뜻한 웃음이다. 그 따뜻한 공기가 좋았다. 그날부터 나는 다시 가족의 사랑을 갈구하는 겁먹은 어린아이가 되었다. 내가 왜 이렇게까지 나를 버리면서 일하는지 주변 사람들도 이해하지 못했지만, 나는 밤에도 주말에도 일을 멈출 수 없었다. 평생을 꿈꾸던 예능 PD가 조금도 생각나지 않을 정도로 나는 새로운 세계에 몰입해 있었던 것이다. 수술실에 들어가게 되었을 때도 나는 영양제 때문에 욱신대는 한쪽 팔을 주무르며 회사에서 온 메시지에 답장을 했다. 꿰맨 지 얼마 되지 않은 배가 밑으로 빠질 것 같았지만 금세 다시 출근했다. 어쩜 나는 꿈이라면 매번 지독하게 꾸는 것 같다.

그러다 현실로 돌아왔더니 불면증을 앓았다. 내 인생을 걸었던, 걸고 싶었던 서비스와의 안녕. 끓어 오르는 마음을 식히려 내가 시도한 것은 가장 행복했던 입사 초반 6개월간의 이야기를 쓰는 것이었다. 구질구질한 팩트에서 멀어질 수 있도록 아름다운 동화를 쓰는 것.

그러나 나는 필사의 노력에도 이번 좌절은 참지 못했다. 드디어 망가진 오뚝이. 그것이 열쇠가 된다. 공황발작이 천천히 오뚝이를 열자, 선생님은 오래 묵은 나의 멍든 자두들을 꺼내주었다. 그곳에는 까마득하게 잊고 살았던 나의 감정과 기억들이 있었다. 괜찮을 줄 알았던 모든 것이 괜찮지 않았다. 이해하지 못했던 나의 많은 문제가 그 속에 있었다. 그건 단순한 배반이나 압박감의 일이 아니었다. 훨씬 더 정교하게 봉인된 나의 트라우마와 맞닿아 있었다. 이것이 일단 지금까지 내가 기억해낸 예쁜 자두와 멍든 자두가 고루 섞인 나의 이야기다. 괜찮다고 말하지 않는 나의 진짜 이야기.

그리하여, 오뚝이에서 꺼낸 나의 이 두서없고 해묵은 이야기들이 당신에게도 도움이 되고 있는지요. 아주 작은 것이라도 그럴 수 있다면 좋겠습니다.

에필로그

안녕,
서른두 살의 여름

"미국에서 온 그분 우울증약 먹고 있대."

"부장님 어디 아프대. 과호흡증이라서 정신과 다닌다나 봐."

"너희 팀장 우울증약 먹고 있는 거 알지? 그러니까 잘해줘."

몇 년 전만 해도 나는 회사에서 이런 이야기를 들으면 그들이 엄청나게 큰 병이라도 걸린 줄 알고 안쓰러워했다. 살면서 얼마나 큰 힘든 일이 있었길래 약까지 먹어야 하는 걸까 걱정했다.

막상 겪어보니 특별하게 대단한 계기가 있었던 것도 아니고, 영영 낫지 못할 무거운 병에 걸린 것도 아니었다. 감기처럼 병원에 가면 된다. 전문가의 도움을 받자 오히려 혼자 참기만 했던 과거보다 더 쉬웠다.

"모든 것은 가족에서 시작되는 거예요."

간절히 풀길 바랐던 내 마음의 실. 사소하게 여겼던 기억의 파편들도 다 의미가 있었다. 마법 같은 여름이었다.

더는 미루지 않고 용기를 낸 나를 좋아한다.

대학 신입생 때, 학교에서 배정해준 조별로 심리 상담을 받은 적이 있다. 다른 학생들의 가족 이야기를 듣던 나는 갑자기 눈물을 터뜨렸다. 상담 선생님은 내가 계속 마음에 걸린다며 언제든 자신에게 찾아오라고 문자를 남겨주셨다. 나는 그날 눈치 없이 운 것만으로도 부끄러워서 다시는 가지 않았다.

방학이 되고 나는 옆 동네 보습학원에서 초등학생들에게 영어를 가르쳤다. 아이들 대부분이 가정환경이 좋지 않았다. 그중 한 남자아이가 유독 수업 내내 고개를 푹 숙이고 아무 말도 하지 않았다. 유난히 하얗고 말랐던 모습이 내 동생을 닮아 마음이 쓰였다. 원장 선생님은 나를 따로 불러서 말했다.

"걔는 엄마가 도망가서 아빠랑만 사는데 평소에 챙겨 줄 어른이 없다 보니까 아직 한글도 잘 못 써요. 사정이 딱해서 돈 안 받고 봐주고 있는 거예요. 말은 원래 안 하니까 선생님은 그냥 신경 쓰지 마세요."

하지만 아이는 바로 다음 날부터 나에게 대답을 하기 시작했다. 내가 옆자리에 앉아 말을 건지 딱 하루만이었다. 작은 목소리로 선생님이 제일 좋다고 말하는 그 아이를 보고 있노라면 코끝이 찡했다. 나는 한 달이면 학원을 떠난다. 이미 개강이 다가오고 있었다.

지금쯤 스무 살이 되었으려나. 상처가 많은 네가 혼자 서기엔 각박한 세상이었을 텐데 괜찮았어? 나는 종종 그 아이가 떠올랐다. 나에게 문자를 남긴 상담 선생님도 오지 않는 나를 기다리며 가끔 이런 생각을 하셨겠지. 돌이켜 보면 내게 손을 내밀어 준 좋은 어른들이 있었다. 내가 자주 도망가거나 도움이 필요 없는척하지만 않았더라도 스쳐 지나가지 않았을 것이다. 눈을 감고 수천 번을 세어도 변하지 않는 것은 변하지 않더라. 그냥 지나가는 것은 없더라.

더는 미루지 않고 용기를 낸 나를 좋아한다.

나는 더이상 밤마다 항우울제를 삼키며 졸려 하지 않아도 된다. 상담도 곧 마무리될 예정이다. 며칠 뒤면 새 직장에서 다시 도약을 시작한다. 처음으로 내 마음을 돌아본 시간의 끝이, 후련하기도 하고 설레기도 한다.

살다 보면 언제라도 다시 감당하기 힘든 상처를 받고 우울증이, 공황발작이 찾아올지 모르겠다. 그럴 때면 나는 다시 서른두 살의 나를 기억할 것이다. 더는 우울한 나를 부정하지 않겠다. 나를 위해 몇 번이고 처음부터 다시 시작할 것이다.

외로워도, 슬퍼도, 화가 나도 모든 것이 나의 이야기.

그래, 괜찮아.